KB120083

그저 과정일 뿐이에요

그저 과정일 뿐이에요

오선화

좋은씨앗

들어가며

연극 무대에서만 볼 수 있던 배우를 TV에서 보면 반갑긴 하지만, 연극 배우는 TV에 나오지 않고 연극만 열심히 해도 먹고살 수 있으면 좋겠어요. 무명 가수가 나오는 오디션 프로그램을 즐겨 보긴 하지만, 무명 가수는 TV에 출연하지 않고 라이브 공연만 열심히 해도 먹고사는 것이 보장되면 좋겠어요. 언더그라운드는 오버그라운드로 가기 위한 계단이 아니라 그 자체로 하나의 세상이니까요.

작은 사람들의 성장은 큰 사람이 되기 위한 단계가 아니라 고유의 자람으로 인정받아야 해요. 하긴 작은 사람, 큰 사람을 어떻게 명성이나 재산 같은 걸로 나눌 수 있을까요? 그렇게 분류하는 기준부터 뽑아 버린다면 더 좋겠죠.

작은 교회 목사는 큰 교회를 못하는 작은 사람이 아니라 작은 교회를 해야 한다고 생각하는 큰 사람이죠. 소수의 고객만 받는 식당은 작은 식당이 아니라 소수에게 정성을 다하는 큰 사람이 운영하는 곳이고요.

삶의 자리를 지키며 하루하루 수고하는 당신은 누가 뭐래도 큰 사람이에요.

하지만 그렇게 생각할 수 없는 시간이 있다는 걸 알아요.

자신이 한없이 작아지는 시간.

자신의 삶이 결과인 것 같아 주저앉아 아무것도 할 수 없는 시간.

세상에 봄이 와도 마음은 여전히 겨울인 시간.

그런 시간이 영원은 아니지만, 영원인 것처럼 느껴지기도 해요.

저는 이 책을 통해 그런 시간 속에 있는 이들에게 다가가려고 해요. 주저앉아 있는 이들을 일으킬 수 있는 힘은 저에게 없어요. 그저 곁에 주저앉아 잠시 토닥이고 싶어요.

그리고 같이 웃고 같이 울며 같이 꿈꾸고 싶어요. 다른 사람을 밟더라도 위로 올라가야 한다고 말하는 세상이 아니라 누구나 더불어 살 수 있는 세상을.

세상은 위와 아래로 나누어지는 곳이 아니라 사람이 사는 곳이니까요. 사람이 사는 곳이라면 어디든 그 자체로 하나의 세상이니까요.

하나만 기억해 주세요.

세상이 그대를 작다고 해도 그대는 정말 큰 사람이에요.

마음의 계절이 겨울에 머문 사람들 사이에서

작은 사람 오선화 드림

차례

3부 과정을 위해 부탁드려요

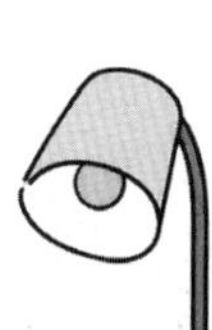

1부

지금 어디를 지나고 있나요?

한 사람의 마음을 향해

안녕하세요?
시작해도 될까요?

제가 만나는 사람들 중에 가장 많은 연령층은 십대예요. 그 중에서도 열일곱에서 열아홉 살 청소년이 제일 많죠. 그 아이들은 말해요. 좋은 대학에 가야 결과가 좋은 거라고. 바로 취업을 해도, 잠시 쉬어도 괜찮은 건데, 왜 꼭 스무 살은 대학생이어야 하고, 그것도 이름난 대학에 다니는 대학생이어야 좋은 결과라고 말하고 생각할까요? 그래야 한다고 생각한다면 그 생각은 존중해요. 그런데 저는 조금 다르게 생각하고 싶어요. 그 길을 걷는 사람들이 다 행복하거나, 다른 길을 걷는 모든 사람들이 다 불행한 건 아니니까요.

얼마 전에 이름난 대학에 다니는 청년들을 만났어요. 그 친구들은 이런 말을 했어요.

"여기만 오면 다 될 줄 알았는데 그렇지 않아요."

"고등학교 때 대학만 잘 가면 다 잘 될 거라는 말을 들었어요. 그런데 대학에 와서도 시험 보고, 취업 준비하고…… 행복할 시간이 없어요."

"엄마가 여기만 오면 행복할 거라 했는데 거짓말이에요. 고등학교 때보다 더 심하게 경쟁해야 돼요."

그 대학에 가고 싶었는데 가지 못한 친구들은 이해할 수 없을지 몰라요. 행복에 겨워서 행복을 못 느낀다고 생각할지도 몰라요. 어쩌면 그 대학에 다니는 친구들 중에 정말 행복하다고 말하는 친구가 있을지도 모르죠. 하지만 모두가 그렇지 않은 건 확실해요. 대학이 결과가 아닌 것도 확실해요.

오늘은 직장에 다니는 청년들을 만났어요. 그 친구들은 이렇게 말해요.

"직장도 너무 힘들어요. 여기서도 좋은 성과를 내야 해요."

"취준생일 때는 취업만 하면 행복이 보장될 것 같았는데, 직장도 행복을 가져다주는 결과는 아닌가 봐요."

청소년 때는 대학이라는 결과에 이르러야 행복할 수 있다고 생각해요. 그래서 대학에 목숨 걸고, 취업이나 다른 길을 택한 사람들은 패배감에 휩싸이기도 하죠. 하지만 막상 그 길에 이르면 곧 다음 결과에 목숨을 걸어요. 가장 좋은 결과로 '안정적이고 유명한 회사'를 꼽죠. 그럼 그걸로 끝인가요?

아니요. 이제는 두 갈래 길이 나와요. '비혼'과 '결혼'이요. 이쯤해서 인생의 결과에 이른 것이면 좋을 텐데 그것도 아니에요. 딩크족으로 살 것인가, 아기를 낳을 것인가를 결정해야 돼요. 아기를 낳으면요? 아이를 청소년이 되도록 잘 키우다가 '대학'이라는 표지판이 어렴풋이 보이기 시작하면 이제부터는 반복이에요. 내 아이가 대학이라는 결과를 얻어야 한다고 생각하니까요. 그 아이는 또 대학, 직장, 결혼, 아기 순서대로 고민하게 되겠죠.

생각해 보면 무엇 하나 결과인 게 없어요. 꼬리에 꼬리를 물고 이어지는 과정이에요. 삶이란 완전히 끝날 때까지 끝나는 것이 아니고, 우리가 목표를 정하고 그 목표를 달성한다고 해도 끝나는 것이 아니니 결과라고 할 수 없죠.

"너희가 바라는 결과가 인생의 종착지는 아니야. 그냥 과정이야. 우리는 다 그 길을 가고 있어."

저는 기회가 있을 때마다 친구들에게 말해 주었어요. 일상의 대화를 통해, 상담을 통해, 강의를 통해 정말 열심히 말했어요. 그 이야기를 듣는 친구들의 마음이 당장 바뀌지는 않더라도 지금이 결과인 것만 같아 너무 힘들어하는 '한 사람'

의 마음이 꼭 바뀌기를 바라면서요.

다행히 제 말을 위로로 받아들이는 친구들이 생겼고, '그저 과정일 뿐이에요'라는 제목으로 청소년 강의를 하게 되었어요. 그리고 저는 여전히 대화와 상담, 강의를 통해 지금이 결과가 아니라는 이야기를 듣고 싶어 하는 사람들을 만났어요.

그런데 그런 이야기를 듣고 싶어 하는 사람은 청소년들만이 아니었어요. 청년들은 물론이고 부모님, 선생님, 장년들, 연세 지긋한 어르신들까지 제 이야기에 귀 기울여 주셨어요. 신기하기도 하고 감사하기도 했죠. 정말 인생은 알 수 없고 생각지 못한 일의 연속인 것 같아요.

한 어르신이 제게 이렇게 말씀하셨어요.

"그런 이야기는 우리한테도 필요해요. 지금 내 모습이 이제껏 살아온 인생의 결과인가 생각하면 마음이 너무 힘들거든."

어르신의 진심이 가슴 깊이 와 닿았어요. 그 진심을 잊지 않으려 해요. 그 진심을 느끼며 지금부터 계속 말하려고요.

"우리가 바라는 결과가 인생의 결과는 아니에요. 지금은 그저 과정일 뿐이에요."

돌직구 들어 보셨어요?

돌직구라는 단어를 아시나요? 직설적으로 솔직하게 던지는 말을 '돌직구'라고 하잖아요. 제가 강의를 갔더니 관계자가 이렇게 말하지 뭐예요.

"어머, 작가님. 인터넷에서 보던 모습하고 너어~무 달라요."

이런 게 돌직구죠. "너 살 좀 올랐다" 하는 말도 돌직구예요. 솔직히 이런 말은 돌직구 여부를 떠나서 참 별로예요. 사람들은 왜 남의 살에 그렇게 관심이 많을까요?

왜 시작부터 생뚱맞게 돌직구 이야기냐고요? 지금부터 제가 하려는 말과 관계가 있거든요.

민수(예명)는 고등하교 2학년이 된 남자아이예요. 민수는 고2가 되고 나서 문득 깨달은 게 하나 있었어요. 수능이 1년 남았다는 사실이요.

사실 이건 오래전부터 알고 있었던 일이잖아요. 대한민국 학생이라면 적어도 중1 때부턴 고2가 되면 수능이 1년 남는다는 걸 아니까요. 그런데 이상하게 고2 아이들은 몰랐던 사실을 문득 깨달았다는 듯이 곧잘 이렇게 말해요.

"쌤, 수능이 1년 남았어요!"

"작가님, 저 수능 1년 남았어요."

왜 그럴까요?

곰곰이 생각해 보니 알겠더라고요. 중2 때 탈출했던 아이들의 뇌가 돌아오기 시작하는 거예요. 중2쯤 되면 많은 아이들의 뇌가 탈출하거든요. 왠지 세상에 반항하고 싶고, 우울함과 우월함 사이에서 헤매기도 하고, 어른들이 보기에 말도 안 되는 상상을 하고, 그러다 내 마음을 나도 모르게 되는 게 대표적인 증상이에요. '중2병'이라는 말도 있지만 병이 난 게 아니라 뇌가 잠시 나가 있는 거예요. 밥 안 먹으면 배고프고 잘 때 되면 졸린 것처럼 이건 아주 자연스러운 일이에요.

탈출했던 뇌는 보통 고2가 되면 돌아와요. 현타(현실자각타임)가 오는 순간이죠. 고2 아이들이 갑자기 수능이 1년 남았다는 사실을 새삼스럽게 인지하는 게 당연해요. (간혹 청년이 되어서야 뇌가 돌아오는 경우도 있대요.)

민수도 그랬어요. 고2가 되고 보니 문득 깨닫게 된 거예요. 수능이 1년 남았다는 사실을. 확 짜증이 나더래요. 이제 와서 그 사실을 깨달은 자신에게 화나고 불안하기도 하고요. 공부를 하려고 해도 손에 잡히지 않고요. 결국 스트레스만 잔뜩 받아 다크서클이 무릎까지 내려오고 말았어요.

그 모습을 지켜보던 민수 엄마는 걱정이 많이 되었어요. 이제라도 수능 준비를 해야 하는데 아이의 감정 상태가 너무 고르지 않으니까요. 보약으로 체력이라도 보강해 줘야겠다 싶어 민수를 한의원에 데리고 갔어요.

한의원에 가면 의사가 맨 처음에 뭘 할까요? 그래요, 맥을 짚죠. 한의사가 민수의 맥을 짚고는 말했어요.

"요즘 눈밑이 까매지고, 괜히 짜증나고, 되는 일 하나도 없고 그렇죠?"

민수는 깜짝 놀라서 물었어요.

"선생님 진짜 용하세요. 그걸 어떻게 알았어요? 맥만 짚어도 그런 게 나와요?"

의사 선생님은 피식 웃으며 돌직구를 날렸어요.

"아니요. 맥 짚는 걸로는 그런 거 안 나와요. 지금 민수 군 얼굴이 딱 그렇게 생겼거든요."

이 이야기를 제가 만나는 다른 청소년에게 들었는데요, 그 자리에선 다같이 배꼽을 잡고 웃었어요. 그리고 집에 와서 자려고 누우니 다시 생각나는 거예요. 그런데 이상하게 웃음은 나지 않고 뭉클해졌어요. 제가 만나는 아이들의 얼굴이 떠올랐거든요. 사랑스러운 녀석들의 얼굴이 다 그렇게 생겼다는 사실도 함께 떠올랐어요. 아시죠? 이건 못생겼다는 말이 아니에요.

학교 앞, 학원 앞, 노래방, 피시방…… 장소는 달라도 거기서 만나는 아이들의 얼굴이 다 그렇게 생긴 거예요. 다크서클이 무릎까지 내려와 있고 짜증나고 화난 얼굴이요. 머리 위에 먹구름이 한 개씩 따라다니는 것 같은 표정일 때가 많아요. 다들 예쁘고 빛나는데 정작 자신들은 그걸 모르고 표정이 어두워요.

왜 그럴까요? 푸르른 아이들이 왜 그런 표정에 그런 얼굴이어야 할까요?

곰곰이 생각해 보니 '결과' 때문이었어요. 지금의 삶이 너무 결과 같은 거예요. 친구와 싸우고 틀어지면 인간관계를 잘 못하는 자신이 결과 같고, 앞으로도 계속 그럴까 봐 걱정되고요. 시험에 떨어지면 시험 결과가 나빠서 자기 인생이 망한 것만 같대요.

다른 친구들, 특히 '엄마 친구 아들(딸)'은 목표를 세워 놓고 열심히 공부한다는데, 나는 지금 특별히 하고 싶은 일도 없고 잘하는 일도 없고…… 문제는 앞으로도 쭈욱 그럴 것 같다는 거죠. 내 인생이 '요모양'으로 결정된 것 같은 거예요. 집안에 힘든 일이 생기면, 그마저도 내 인생이 쭈그렁이인 걸 확인시켜 주는 것 같아 마음이 더 힘들어져요.

여기가 끝이라고, 이것이 결과라고 생각하고 싶지 않지만 정말 그러면 어쩌나 싶어 두렵고요. 그러니 얼굴에 그림자가 질 수밖에요. 마음은 얼굴에 드러나기 마련이니까요. 그런데 정말 지금의 문제가 결과인 걸까요?

서희(예명)의 고민은 꿈이 없는 거였어요. 어쩌면 당연한 일이에요. 그동안 꿈꿀 시간도 없었으니까요. 어른들은 자기 기준에 따라 쉴 새 없이 아이들을 '교육' 시켜요. 학원에서 학원으로 뺑뺑이를 돌려요. 그러다가 아이들이 청소년이 되면 물어요.

"넌 꿈이 뭐니? 어떤 사람이 되고 싶니?"

그런 질문을 받으면 아이들은 당황해요. 부모님과 선생님이 시키는 대로만 하면 잘될 줄 알았는데, 저절로 훌륭한 사람이 될 줄 알았는데, 갑자기 꿈이 뭐냐고 물으니까요. 잘 모르겠다고 하면 어른들은 걱정부터 하죠.

"곧 대학에 가야 하는데 꿈이 없으면 어떡하니?"

사실 대학 갈 때 정하는 건 진로예요. 꿈과 전혀 다른 건데 마치 같은 것처럼 말해요. 꿈이 없는 걸 큰 문제가 있는 것처럼 말하니 아이들은 꿈이 없는 자신을 한심하게 생각하게 돼요. 사실 늦지 않았고, 여태 꿈꿀 시간도 없었으니 지금부터 생각해도 괜찮은데 말이에요.

저에게 상담 온 한 아이는 Y대학에 가는 게 자기 꿈이래요. 다른 꿈을 말할 때는 엄마가 별 반응이 없다가 그 대학 이름을 말하니 좋아하더래요. 그래서 꿈을 그걸로 정했대요.

영수(예명)도 그랬어요. 꿈이 특별히 없었어요. 엄마는 큰일이라며 꿈을 얼른 찾아야 한다고 말했죠. 영수 자신도 이제 고등학생인데 꿈이 없는 게 한심하다는 생각이 들었대요. 그러다가 고2가 되었고 신기하게도 꿈이 생겼어요. 어느 가수의 콘서트에 갔다가 드럼이라는 악기를 본 거예요. 드럼 소리에 심장이 쿵쿵 뛰었대요. 드러머 형이 너무 멋있었대요. 그날 자려고 누웠는데 드럼 치는 소리가 귓가에 맴돌더래요.

그날 하루만 그런 게 아니었어요. 며칠 동안 드럼이 머릿속을 떠나지 않았죠. 영수는 서점에 가서 드럼 교본을 샀어요. 드럼 교본이 흥미진진한 판타지 소설처럼 느껴졌어요. 독서실에서 수학 문제를 풀다가 막히면 드럼 교본을 꺼내서 보았어요. 친구들과 게임을 하다가도 드럼 교본을 펴 보았죠.

드럼이 사고 싶어졌어요. 영수는 그동안 모아둔 세뱃돈으로 전자드럼을 샀어요. 드디어 택배로 전자드럼이 도착하고, 드럼 연습을 시작하는데 심장이 막 뛰었어요. 매일매일 연습해도 싫증나긴커녕 더 좋아져서 영수는 엄마에게 말했어요.

"엄마, 나 꿈이 생겼어!"

"정말? 뭐야? 엄마 기도가 이루어졌나 보다."

"응, 드러머야."

순식간에 엄마의 얼굴에 그늘이 드리워졌고, 엄마는 단호하게 말했어요.

"안 돼!"

"왜? 나 꿈이 생겼다니까."

"그건 꿈 아니야. 안 돼."

"왜?"

"드러머 되면 한 달에 30만 원밖에 못 벌어."

안 된다는 이유가 황당했지만 엄마는 단호했어요. 목에 칼이 들어와도 그건 절대 안 된다고 했어요.

아들이 꿈을 찾기를 열심히 기도한 엄마였어요. 그럼 좋아해야 하잖아요. 기도가 이루어졌으니까요. 그런데 왜 좋아하지 않았을까요?

아들이 찾기를 바란 꿈에 조건이 있었기 때문이에요. 엄마가 생각하기에 드러머는 좋은 꿈이 아니었어요. 그렇다면 이렇게 기도를 했었어야죠.

"주님, 아들이 제가 원하는 꿈을 이룰 수 있게 해주세요. 세상 사람들이 다 우러러보고 돈 많이 버는 직업을 갖게 해주세요."

속마음은 그건데, 왠지 속물 같고 비신앙적인 기도 같으니 차마 대놓고 기도하진 못했을 테죠.

영수의 어머니만 그럴까요? 솔직히 저도 하나님의 뜻에 제 뜻이 합쳐지길 바라기보단, 제 뜻에 하나님의 뜻이 합쳐지길 바랄 때가 더 많은 것 같아요. 기막히게 '내 뜻 = 하나님의 뜻'이길 바라고, 그런 공식이 성립하지 않으면 기도 응답을 거부할 때가 있어요. 가끔 우리는 하나님을 맞춤정장쯤으로 생각할 때가 있잖아요. 영수의 어머니도 아들이 들고 온 꿈이 자신이 뜻한 바와 전혀 다르니 받아들이기 힘들었을 거예요.

그 점을 이해하더라도 영수 어머니의 얘기 중에는 사실과 다른 부분이 있어요. 드러머가 되면 30만 원밖에 못 번다는 말이요. 사실일까요? 그럴 수도, 아닐 수도 있어요. 어떤 드러머는 30만 원밖에 못 벌지만, 어떤 드러머는 천만 원도 벌어요. 특정 직업의 수입을 일반화하거나 이름만 듣고 직업의 가치를 가늠하는 시대는 지났어요. 고수입 전문직종의 대표격인 의사나 변호사만 해도 수입은 제각각인 걸요.

청소년 직업 관련 상담을 해보면, 1980년대 이후로 부모님들이 좋아하는 직업은 다섯 가지 정도 되는 것 같아요. 변호사, 판사, 의사, 대기업 사원, 공무원(교사 포함)이요. 내 자녀가 그중에서 직업을 택해야 한다고 말하는 부모님들이 정말 많아요. 세상에는 훨씬 더 많은 직업이 있는데 말이에요. 게다가 우리 아이들이 사회에 나갈 때에는 더 많은 직업이 생길 텐데 말이에요.

사실 작가도 돈 못 번다고 생각되는 직업 중 하나예요. 제가 청소년을 대상으로 진로 강의를 할 때면, 아이들이 자주 하는 질문이 있어요.

"작가는 정말 돈 못 벌어요?"

"작가는 어떻게 먹고살아요?"

왜 그런 질문을 할까요? 작가가 꿈이라고 하면 어른들이 친절하게 말해 주거든요.

"작가는 돈 못 벌어."

"작가 되면 못 먹고 못살아."

아이들이 그런 질문을 하면 저는 웃으며 대답해요.

"내가 못 먹고 못사는 것처럼 보이니?"

그럼 아이들이 웃으며 대답해요.

"아니요."

저를 실제로 보신 분들은 알겠지만, 저 정말 잘 먹고 잘 사는 것처럼 보이거든요.

저는 웃는 아이들에게 덧붙여 말해요.

"돈을 조금 벌 수도 있고 많이 벌 수도 있어. 작가만 그런 게 아니라 어떤 직업이든 그래."

하지만 어른들이 이미 '가난한 직업'이라고 정해 둔 생각을 바꾸기란 쉽지 않아요. 영수 어머니도 '음악인은 가난한 직업'이라는 굳은 생각을 오래전부터 갖고 있었던 거죠. 아이는 드러머라고 다 가난한 건 아니라고 말했지만, 영수 어머니는 절대 생각을 굽히지 않았어요. 결국 무서운 말씀을 하셨죠.

"너까지 이러면 엄마가 너무 불쌍하지 않니?"

영수 아버지는 경제활동을 잘 안 하셨어요. 그동안 어머니가 가족의 생계를 책임져 왔어요. 영수는 엄마가 고생하는 모습을 보고 자랐고요. 그런 아이에게 엄마의 그 말은 '내가 꿈을 포기하는 게 맞아. 그래야만 해'라고 생각하게 했죠. '내리사랑'이라는 말이 있지만, 저는 '오르사랑'도 있다고 믿어요. 아이들이 엄마를 위해, 아빠를 위해 자신의 뜻을 굽히는 걸 많이 보았어요.

"쌤, 저 드러머 안 할래요. 제가 드러머하면 엄마가 불행하대요. 공부 열심히 해서 엄마가 원하는 대학에 갈 거예요."

아이는 엄마를 웃게 해주고 싶다며 공부를 하기 시작했어요. 원래도 공부를 못하는 아이는 아니었지만 더 열심히 했어요. 학교에 다녀오면 독서실에서 살다시피 했어요. 몇 달 후, 중간고사를 치른 아이는 생각보다 못 본 거 같다고 실망했어요. 성적이란 게 열심히 안 해도 못 나오면 속상한데, 열심히 했는데도 잘 안 나왔으니 얼마나 속상하겠어요.

꼬리표가 나왔어요. 개인 성적표가 나오기 전에 담임선생님이 반 아이들의 성적을 한눈에 확인할 수 있게 종이 한 장에 정리한 전체 성적표가 있어요. 그걸 한 명씩, 그러니까 1등부터 30등이 적혀 있다고 하면 한 등수씩 자르면 긴 줄 30개가 나오는데, 그걸 꼬리표라고 해요. 일부 선생님들은 꼬리표를 미리 나눠 주기도 해요.

영수는 꼬리표를 들고 힘이 쭉 빠져서 집으로 갔죠. 집에 들어가자마자 엄마가 매섭게 물었어요.

"꼬리표 나왔지?"

"네……"

아이는 힘없이 꼬리표를 내밀었어요. 엄마는 성적을 확인하고는 꼬리표를 구겨서 쓰레기통에 버리고 방에 들어가 버렸어요. 아이는 엄마 방 문 앞에 서서 너무 속상했대요.

'차라리 물어보지. 왜 이렇게 성적이 나왔느냐고 물으면 정말 열심히 했는데 잘 안 되었다고 말할 텐데. 차라리 화를 내지. 그럼 마음이라도 편할 텐데.'

서운함과 아쉬움이 마음을 가득 메웠대요. 방구석에 웅크리고 앉아 울고 싶었는데 눈물도 나오지 않더래요. 시간은 흘러 밤이 되었고 힘든 마음은 죽고 싶다는 생각으로 이어졌대요. 가만 있으면 정말 큰일이 벌어질 것 같아 저에게 연락해야겠다고 생각했지만 뭐라고 말할지, 자기 마음이 왜 이렇게 되었는지 몰라 휴대폰만 만지작거렸대요.

그 시각에 저는 다른 청년들을 만나서 치킨을 먹으며 이야기를 나누고 있었는데, 영수에게 문자가 왔어요.

쌤, 저 꼬리표 나왔어요ㅠㅠ 혹시 지금 시간 되세요?

저는 깜짝 놀라서 일어났어요. 'ㅠㅠ'가 아이의 감정을 말해 주고 있었어요. 더욱이 그 밤에 지금 시간 되냐고 묻는 건 바로 만나고 싶다는 거잖아요.

남자아이들이 이럴 경우, 저는 더 놀라요. 성차별을 하는 게 아니에요. 여자아이들은 이런 말을 비교적 잘해요. 별일이 아닐 때도, 별일일 때도 감정 표현을 하며 만나자고 할 때가 많아요. 남자아이들은 그런 걸 잘 못해요. 남자아이라고 다 그렇고, 여자아이라고 다 그렇지 않은 건 아니지만, 제 경험상 남자아이들이 그런 경우가 훨씬 더 많았어요. 그런데 이렇게 감정 표현을 했다는 건 그만큼 심각하다는 뜻이죠.

저는 아이의 문자를 받고 급하게 택시를 타고 놀이터로 향했어요. 불안한 마음으로 놀이터에 도착해서 보니 녀석이 고개를 푹 숙인 채 벤치에 앉아 저를 기다리고 있었어요. 저는 얼른 다가가 이름을 불렀어요.

"영수야, 왜 그래?"

영수는 슬픔이 가득 찬 표정으로 집에서 있었던 일을 이야기했어요. 엄마가 성적을 확인하고는 꼬리표를 구겨서 쓰레기통에 버렸다고요.

"그런데 쌤, 웃기죠? 꼬리표를 버린 건데 제가 버려진 거 같았어요. 엄마가 저를 구겨서 버리고 싶은데 그러지 못하니 꼬리표를 구겨서 버린 거죠."

"말도 안 돼. 왜 네가 버려져. 네 마음은 충분히 이해하지만 그렇게 생각하지 않았으면 좋겠어."

저는 열심히 영수를 위로했어요. 그런데 영수는 위로조차 받아들이기 힘든 상황이었죠. 계속 "결과가 나쁘다"는 말만 반복했어요.

결과가 나쁘잖아요

아무리 위로해도 영수는 이렇게 말했죠.

"결과가 나쁘잖아요."

"말도 안 돼. 고2 중간고사 한 번 망친 걸로 결과가 나쁘다고 단정지으면, 쌤은 모든 결과가 나쁜 사람이겠네. 나는 중간고사, 기말고사 할 것 없이 시험이란 시험은 다 망쳤는데. 시험 하나가 네 인생에 걸 수 있는 태클은 1도 없어. 0.00001도 없어. 그냥 먼지 같은 거야. 먼지 하나가 옷에 묻었다고 옷에 구멍이 나니? 옷이 더러워져? 슬프고 속상한 마음은 이해하지만 아무 일도 없었어. 넌 시험 따위에 해를 입지 않아."

"그래도…… 결과가 나쁘잖아요."

'결과'라는 단어가 영수의 마음에 가득 들어차 영수를 놔주지 않았어요. 영수뿐 아니라 많은 아이들이 시험을 망치면 '인망'했다고 해요. 인생 망했다는 거죠.

그런데 정말 시험을 망치면 인망하나요? 그러면 저와 여러분 모두 인망한 거네요. 그런데 아니잖아요. 우리가 비록 크고 작은 실패들을 겪으며 살지만, 기쁨만 가득한 세상에서 사는 건 아니지만, 사이사이에 소소한 기쁨과 행복도 누리고 슬픔과 불행도 지나치며 잘 지내고 있잖아요. 끝까지 가 보지도 않고 결과를 알 순 없잖아요. 인생의 종착지가 어딘지도 모르는데 망했다는 결론을 어떻게 내겠어요.

영수와 저는 새벽 네 시까지 이야기를 나눴어요. 사실 이야기를 나눴다기보다 저는 이야기했고, 영수는 마음속에서 결과를 빼내지 않고 시간이 흐른 거예요.

"몇 시간 후면 학교에 가야 하잖아. 그만 집에 가서 자고 학교 다녀와서 더 이야기하자."

저는 아이를 달래서 들여보냈어요. 싸 가지고 갔던 치킨 한 마리를 손에 들려 주었죠. 축 처진 모습이 너무 안쓰러웠는데, 그래도 치킨은 들고 가는 걸 보고 피식 웃음이 났어요.

저도 집에 가서 씻을 힘도 없어 바로 누웠어요. 천장에 '결과'라는 단어가 떠올랐어요. 그 단어를 노려보았죠.

'너 왜 아이 마음속에 들어가 버렸냐?'

원망하다 보니 그게 비단 아이들의 마음에만 들어 있는 것이 아니더라고요. 취준생(취업준비생)의 마음에도, 재수생의 마음에도, 전세값이 올라 어쩔 수 없이 이사해야 하는 세입자의 마음에도, 가정을 이루어 행복하게 살고 싶었는데 어쩌다 보니 이혼하게 된 사람의 마음에도 그게 있더라고요. 자신이 실패자인 것 같을 때, 앞으로 어떻게 살아가야 할지 두려운 사람들의 마음속에 그게 언제 들어갔는지도 모르게 들어가 있더라고요.

저는 크리스천이라 일반 강의뿐 아니라 교회나 기독교 단체에 가서도 가끔 강의를 해요. 크리스천들은 천국을 소망하는 사람들이에요. 우리는 이 땅에서 사는 게 나그네의 삶이라고 믿어요. 그런데 그런 믿음을 갖고서도 지금을 결과라고 생각하며 낙담할 때가 있어요.

얼마 전에 한 교회에서 강의를 하며 우리의 삶이 과정이라는 말을 했는데, 70대 어르신이 와서 물으셨어요.

"작가님, 나도 아직 과정에 있다고 말할 수 있겠소?"

"그럼요. 천국 가실 거 아니에요?"

"그럼, 꼭 가야지."

"그러니까요. 어차피 천국 가실 건데 나이가 무슨 상관이겠어요. 나이가 몇이든 이 땅의 삶은 당연히 과정 아닐까요?"

"그러네. 내가 기본적인 걸 잊고 있었네. 고맙소."

어르신은 해맑게 웃으며 강의장을 나가셨어요.

제 말이 틀린 거 아니죠? 이 땅에서 살아가는 삶은 과정인 거 맞잖아요.

신앙이 없는 사람들에게도 말할 수 있어요. 평균 수명이 얼마나 늘어났는데요. 우리는 아직 진정한 전성기를 맞이하지 않았는지도 몰라요. 제가 작사한 '야매상담'이라는 노래가 있어요. 그 가사 중에 이런 구절이 나와요.

> 삶으로 말해야 해.
> 아직 너의 전성기가 오지 않았을 뿐
> 평화는 너로부터 시작되는 거야.

환갑을 맞이하신 분이 이 가사를 듣고 고맙다는 메일을 보내 주셨어요. 이 가사가 자신에게 하는 이야기 같았대요. 그래서 힘을 내어 제2의 전성기를 꿈꾸며 하고 싶은 일을 시작했다고 하셨어요. 그 메일을 보니 저도 힘이 나더라고요. 몇 번이나 다시 읽으며 깨닫게 되었어요. 전성기는 나이라는 숫자에 얽매일 수 없는 단어라는 걸요.

방정환 선생님이 어린이날을 정할 때 어린이 나이를 평균 수명의 3분의 1로 계산해서 생각하셨대요. 그렇게 계산하면 그 시절에 어린이는 10대까지죠. 지금의 평균 수명으로 계산하면 어린이 나이가 33세까지 올라가요.

무병장수 시대까진 아니어도 유병장수 시대는 왔어요. 크고 작은 병에 걸려도 약 잘 먹고 치료 잘 받고 건강관리 잘하면 돼요. 그러니 아직은 인생의 아침이라고 생각하기로 해요. 아무리 생각해도 아침은 아닌 것 같은 분은 점심이라고 생각하죠, 뭐.

삶이란 게 언제 끝날지 모르는 거라 예상보다 일찍 끝날 수도 있지만 그건 우리가 알 수 없는 일이니까요. '난 일찍 죽을 거야'라고 생각하며 사는 사람이 어디 있어요? 평균 수명은 채울 거라고 믿어야죠. '내 인생에 무슨 저녁이 있겠어. 야식은 꿈도 못 꾸지'라고 장담하지 말아 주세요. 아침을 거르면 점심을 더 챙겨서 먹게 되잖아요. 점심까지 부실한 날엔 저녁을 잘 먹게 되고요. 저녁도 맛있게 먹고 야식까지 맛있게 먹을 수도 있잖아요. 아침이 부실하니 점심도, 저녁도 없다고 지레 낙담하지 않았으면 좋겠어요.

살다 보면 지칠 때가 많아요. 현실은 걸핏하면 우리의 소망과 반대로 가죠. 저도 그런 걸요. 저와 이야기 나누려고 찾아온 분들도 그래요. 행복에 겨워서 저를 찾아올 리 없잖아요. 대부분이 불행하고 슬프고 지치고 지금의 삶이 결과인 것만 같아 괴로운 분들이에요. 그분들의 이야기를 들으면 마음이 아플 때가 많아요.

하지만 저는 그분들과 함께 조금이라도 밝은 쪽으로 걸어 나오고 싶어요. 그래서 왜 계속 결과로 느껴지는지, 그 느낌 때문에 지치고 힘들기만 한 그분들의 입장에 서서 고민하게 돼요. 그러다가 그분들의 마음속에서 단어 하나를 발견했어요. 그 단어는 바로 '속도'예요.

속도 때문에 불안하신가요?

"느려도 괜찮아."

한 번쯤 들어 보셨죠? 한동안 SNS에 도배되었던 말이에요. 그만큼 사람들을 많이 위로한 말이죠. 그런데 왜 사람들은 이 말에 위로를 받을까요? 빠르게 가야 할 것 같은 세상에서 나만 느린 것 같아 불안하고, 느리면 안 될까 봐 염려되는 세상이니 그렇죠. 나만 뒤처지는 것 같아 두려운데 괜찮다고 말해 주니 위로를 받는 거죠.

그런 위로를 받는 것, 저는 참 좋다고 생각해요. 그런데 아쉬울 때도 있어요. 그 위로가 정말 삶으로 연결되는진 의문이 들 때가 많거든요.

"저는 우리 아이가 좀 느려도 괜찮아요. 하나님의 계획이 있을 테니까요. 그래도 삼수는 곤란해요."

매일 자녀를 위해 기도하는 한 어머니의 고백이에요. 내 아이를 향한 하나님의 계획이 있다는 걸 믿으니 설령 이번 입시에서 떨어져 재수를 하게 되더라도 괜찮다는 거예요 하지만 삼수까지는 양보할 수 없다는 거죠. '느려도 괜찮아'에 조건이 붙는 거예요. '여기'까진 되지만 '거기'까진 안 되는 거죠. 아무리 하나님의 계획이라고 해도 내가 정한 선 너머로는 양보할 수 없는 거예요.

"저는 '느려도 괜찮다'고 생각했어요. 하지만 면접에서만 벌써 네 번이나 떨어졌어요. 평생 취업 한번 못해 보고 죽을 거 같아요."

카카오톡 상태 메시지에 '느려도 괜찮아'라고 쓴 한 청년이 한 말이에요. 그 청년의 SNS에도 '느려도 괜찮아'라고 선명하게 쓴 캘리그라피가 올라와 있어요. 청년은 그 말에 위로를 받았대요. 면접에서 세 번 떨어질 때까진. 하지만 네 번은 아니래요. 아무리 느려도 그렇지 네 번은 너무 부끄러워서 안 되겠다고 했어요.

이런 예는 이 책을 다 채울 수 있을 정도로 많아요. 만나서 이야기하다 보면 알게 되거든요. 우리는 "느려도 괜찮아"라고 말하지만 사실은 정말로 느려서 늦어질까 봐 불안해하죠. "어느 정도는 느려도 괜찮아" 하며 '어느 정도'를 정해 놓아요.

"늦어질까 봐 불안하세요? 뒤에 혼자 남게 될 것 같아서요?"라고 물으면 다들 그건 아니라고 해요. 인생의 속도는 사람마다 다르고, 다같은 속도로 갈 수 없다는 것 정도는 알고 있어요. 하지만 세상이 속도를 중요하게 생각하니 속도를 아예 생각하지 않을 순 없다는 거예요.

정말 속도가 그렇게 중요할까요? 그래요, 중요하죠. 그런데 속도보다 훨씬 더 중요한 것이 있어요. 방향이요. 방향을 잘 잡지 못하면 아무리 빨리 가도 소용없어요. 속도엔 원래 속력과 방향이라는 개념이 함께 들어 있어요. 하지만 우리는 대개 속력, 즉 얼마나 빠른가만 생각하죠.

저는 거리에서 청소년들을 만나다가 강의를 시작했어요. 제가 강의하는 걸 보면 원래 말을 잘한다고 생각하는 분들이 많아요. 제가 말이 아주 빠르거든요. 하지만 원래부터 그런 건 아니에요. 저는 엄청 소극적인 인간이었어요. 방에 콕 박혀 글쓰기만 잘하는, 방에 박혀 있는 걸 제일 좋아하는 인간이었죠. '방콕'이라는 말은 저를 위해 탄생했는지도 몰라요.

그랬던 제가 청소년들을 만나고, 그 아이들에게 뭔가 맛있는 것을 먹이고 싶은데 방법이 없어 고민하고 있을 때, 강의할 기회가 왔어요. 제가 처음 쓴 청소년 책 『힐링 멘토』를 보고, 강의 제의가 들어온 거예요. 정말 순수하게 아이들에게 먹일 치킨 값을 벌 수 있다는 생각으로 강의에 응했어요. 아이들보다 치킨 값을 보고 강의를 시작한 것이 조금 부끄럽기는 하지만 정말 시작은 그랬어요.

처음 강의를 준비하면서 얼마나 긴장되던지 온몸의 세포가 따로따로 떨리는 느낌이었어요. 한 달 내내 떨면서 70분 분량의 강의를 달달 외웠어요. 강단에서 원고를 보고 읽으면 어떤 아이가 제 말을 들어 주겠어요. 그래서 통째로 외우기로 했어요. 설거지를 하면서도, 잠자리에 들면서도 원고를 외웠어요. 길을 걸으면서도 중얼거렸죠.

"안녕, 예쁜 오징어들! 난 써나쌤이라고 해. 내가 오늘 할 강의는 말이야……"

지나가던 사람들은 아마 제가 미친 줄 알았을 거예요. 오징어와 대화하는 정신 나간 사람이라고 오해했을지도 몰라요.

아, 제가 왜 아이들을 오징어라고 부르는지 아세요? 제 유튜브 채널 '써나쌤 TV'를 한 번이라도 본 분은 알겠지만, 제가 청소년들을 '예쁜 오징어들'이라고 불러요.

아이들이 자꾸 아이돌하고 비교하며 자신들은 너무 못생

겼다고 하더라고요.

"저희는 사람이 아니고 오징어예요."

이렇게 말하면서요. 저는 아니라고, 너희들은 정말 예쁜 사람이라고 했는데, 아이들이 안 믿더라고요. 그래서 타협안을 내놓았죠.

"그럼 너희들의 생각을 존중해서 우리 모두 오징어라고 할게. 하지만 내 눈에는 너희들이 제일 예쁜 오징어야."

아이들이 이 타협안은 수락해 주었죠. 그래서 '예쁜 오징어'라는 별칭으로 아이들을 부르기 시작했어요. 예쁜 오징어들은 저를 '갑오징어' 혹은 '대왕오징어'라고 부르고요. 우리끼리는 네 빨판 너무 아름답다, 네 먹물은 정말 영롱하다 하며 살아가고 있어요.

아무튼 저는 그렇게 길을 가면서도 중얼중얼, 자려고 누워서도 중얼중얼, 설거지를 하면서도 중얼중얼하며 강의를 외웠어요. 미친 사람으로 오해받더라도 아이들에게 즐겁고 재미있는 강의를 들려 주고 싶었어요.

드디어 강의일이 되었어요. 세상에 태어나 강사라는 이름표를 달고 처음으로 강의 가던 날, 저는 제 몸 전체가 대형 휴대폰인지 알았어요. 몸이 계속 진동했거든요. 너무 떨려서 비전반('하나님이 비전을 품은 아이들'이란 뜻으로, 제가 거리의 아이들을 모아 만든 반이에요) 아이들에게 말했어요.

"쌤이 강의 가서 치킨 값 벌어 올게. 그런데 너무 떨려. 어떡하지?"

"그냥 우리한테 하는 것처럼 하고 와요."

한 녀석이 무심히 툭 던지듯 말했어요. 저는 놀란 눈으로 말했죠.

"너희한테 하는 것처럼 반말하고 은어 쓰면 애들은 좋아할지 몰라도 어른들한테 잘려. 잘리면 치킨 값 못 받아. 치킨 값은 어른들이 주는 거잖아."

너무 정직했나요? 하지만 사실이잖아요.

녀석은 제 말을 듣고 대답했어요.

"쌤, 개실망이에요."

의외의 대답이었죠. 저는 녀석이 "쌤 말이 맞네요" 하고 수긍할 줄 알았거든요. 저는 놀라서 물었죠.

"엥? 왜?"

"우리가 강의라는 걸 딴데서 못 들어 본 게 아니잖아요. 학교나 복지관에서 그런 거 많이 듣는데, 강사쌤이 존댓말 쓰면서 어른처럼 이야기하면 잘 안 듣게 돼요. 쌤은 안 그러니까 우리가 듣잖아요. 그러니 강의 듣는 애들한테도 우리한테 하듯이 해야죠. 안 그러겠다니 실망이에요. 애들 앞에서 강의하면서 애들보다 어른들 눈치 보는 게 더 중요한 사람이었어요? 쌤은?"

와, 정말이지 아이들의 말은 언제나 신랄하고 정확하고 정직해요.

"아, 미안. 그 생각은 못했어. 네 말대로 너희한테 하듯 편하게 하고 올게."

저는 녀석의 말에 용기를 얻고 조금은 편해진 마음으로 강의를 갔어요.

그런데 강의장에 도착하니 또 몸에 진동이 오기 시작했죠. 첫 강의인데 무려 1,000명의 아이들이 앉아 있었거든요. 사회자가 아이들에게 저를 소개했는데 그 소리가 하나도 안 들렸어요. 다리를 덜덜 떨면서 무대에 올라갔죠. 간신히 마이크를 잡고 앞을 보는데 눈앞이 하얘졌어요. 달달 외운 내용이 하나도 떠오르지 않았어요. 인사말도 "빛나는 오징어들, 안녕!"인지, "안녕, 예쁜 오징어들!"인지 모르겠고 입술이 바짝 타들어 갔어요.

하얗던 앞이 캄캄해지고, 시계 초침 소리가 크게 들리고, 심장은 금방이라도 튀어나올 것 같았어요. 그냥 내려갈까, 다른 이야기라도 좀 할까…… 암담하고 도무지 어떡할지 모르겠더라고요. 마음속에서 기도가 나왔어요.

"하나님, 저 좀 살려 주세요. 어떡하죠? 창피하지만 그냥 내려갈까요? 어쩌죠?"

그러다 문득 생뚱맞은 생각이 들었어요.

'하나님 눈에 이 아이들이 얼마나 예쁠까?'

왜 그런 생각이 났는지는 모르겠지만 그 생각이 드니 눈앞이 보이기 시작했어요. 예쁜 오징어들이 반짝반짝 빛나고 있었어요. 제 눈에도 정말 예뻤죠. 그제야 용기가 났어요. 굳게 닫힌 입술이 열렸어요.

"얘들아~ 너희가 정말 예쁘다는 거 알아?"

앞에 앉은 한 녀석이 소리쳤어요.

"와, 무대 위에 거짓말하는 사람 있다!"

그 말을 들으니 다시 떨리기 시작했지만 용기 내어 입을 열었어요.

"나, 거짓말은 안하고 싶어서 진짜 안 하려고 노력하는데…… 진짜 거짓말 아니거든. 난 너희가 진짜 예뻐. 너희를 만든 신이 있다면 정말 내 마음과 비교도 안 될 만큼 너희가 예쁠 거야. 여기 계신 선생님들도 그런 마음일 거야. 내가 감히 그 마음을 따라가진 못하겠지만 내 눈에도 너희가 진짜 예뻐. 브랜드 점퍼 안 입었어도, 틴트 안 발랐어도, 머리 안 감았어도, 그냥 지금 모습 이대로 넘 빛나고 예뻐."

돌아보면 왜 그런 말을 했는지 얼굴이 뜨거워지지만, 그때는 그냥 열심히 저의 진심을 전했어요. 그랬더니 한 여자아이가 우는 게 보였어요. 왜 우는지 모르겠지만, 무대 위에선 관객석이 잘 보이잖아요. 그 아이는 파란색 아이섀도를 바르고 있어서 더 잘 보였어요. 파란 눈물이 흘렀거든요.

그 아이를 보니 저도 눈물이 났어요. 내가 왜 이러고 있는지, 나는 그냥 글만 쓰고 살면 안 되는 건지, 왜 내가 부끄럽게 많은 사람들 앞에서 이야기를 해야 하는지 하늘이 원망스럽고 제가 안쓰럽게 느껴졌어요.

저는 울면서 드문드문 생각나는 말들과 반짝반짝 떠오르는 아이들의 예쁨에 대해 말했어요. 그렇게 한 시간 남짓을 겨우 채웠죠. 지금 생각하면 부끄럽지만, 부끄러움만큼 진한 진심을 가득 담았기에 잊을 수 없는 강의예요.

"치킨 많이 먹어. 쌤이 처음이자 마지막으로 강의해서 번 돈으로 쏘는 거야."

그날 아이들은 치킨을 정말 많이 먹었어요. 저는 그 모습에 놀라서 다시는 많이 먹으라는 소리를 하지 않아요. 많이 먹으라고 말 안 해도 1인 1닭은 거뜬한 아이들이거든요.

"그런데 왜 마지막이에요?"

"쌤이 강의 스타일은 아닌가 봐. 너희하고 몇 시간씩 수다 떠는 건 자신 있는데, 오늘 강의는 완전 물 말아 먹었어."

엄살이 아니었어요. 정말 강의는 체질이 아니라고 생각했죠. 말도 안 되게 강사가 되었지만 말이 안 되니 못하겠다고 생각했어요. 잡지사 편집장인 선배에게 연재 원고가 있으면 일거리를 달라고 했죠. 우선 글쓰기로 치킨 값을 벌어야 했어요. 그리고 부족한 치킨 값은 글쓰기와 관련없는 아르바이트라도 구해서 메꿀 생각이었어요. 그런데 말도 안 되는 일이 또 일어났어요. 휴대폰에 저장되어 있지 않은 번호로 전화가 왔어요.

"여보세요."

"오선화 작가님 전화가 맞나요?"

"네, 제가 오선화 작가인데요. 무슨 일이신지요?"

"저는 ○○○학교 교감인데요. 저희 학교에도 강의를 와주십사 전화를 드렸습니다."

다시 저를 강사로 불러 줄 곳은 없을 거라고 생각했는데 섭외라니요. 그것도 학교에서요. 무슨 일인지 어리둥절했어요.

"어떻게 알고 전화를 주셨어요?"

제가 물으니 교감 선생님이 말씀해 주셨어요. 한 학생이 교감 선생님에게 찾아가 말했대요.

"교감 선생님, 우리 학교에 해마다 두 번 특별 강사가 오잖아요. 이번에는 저희한테 반말로 예쁘다고 말하는 작가님 불러 주시면 안 돼요?"

"그분이 누군데?"

"저번에 강의를 들었는데, 저희한테 있는 모습 그대로 예쁘다고 말해 준 게 큰 위로가 되었어요. 반말로 편하게 강의를 해서 재미있게 들었고요. 우리 학교에도 우울해하고 힘들어하는 친구들이 많은데, 그 친구들에게 꼭 그 강의를 들려 주고 싶어요."

"그렇구나. 그분 성함이 뭔데?"

"몰라요."

웃기죠? 아이들은 그래요. 강사 이름을 모를 때가 많아요. 강의가 들을 만했다면 그제야 궁금해하죠. "오늘 강사쌤 이름이 뭐야?"

궁금해하지 않는 경우도 많아요. 강의 내용은 기억해도 강사 이름은 잘 몰라요. 어른들은 반대예요. 강사 이름은 기억해도 강의 내용을 까먹는 경우가 많아요. 그래서 저는 아이들을 만나는 게 더 좋아요. 무엇보다 제가 계속해서 겸손할 수 있게 해줘요.

"강의를 어디서 들었는지 기억나니? 날짜는?"

아이는 날짜와 시간, 강의 장소를 말해 주었어요. 교감 선생님은 아이 말을 듣고 수소문해서 제 연락처를 알아냈고요. 저는 감동했어요. 한 사람의 진심을 진심으로 대하는 사람을 만나는 건 언제나 큰 감동이잖아요.

"교감 선생님, 부족한 사람을 정성 들여 알아봐 주셔서 감사합니다. 꼭 가겠습니다."

저는 감사 인사를 드렸어요.

"네, 저희 아이들한테도 그 학생이 들었던 것처럼 반말로 예쁘다고 말씀해 주시면 됩니다."

덕분에 저는 공식적으로 반말로 강의하는 강사가 되었어요. 무엇보다 두 번째 강의를 할 수 있는 기회가 주어진 것이 기뻤어요. 그 학교에 가서 강의를 마치고 제 강의를 요청한 학생을 찾았어요. 학생이 거부하지 않는다면 꼭 얼굴을 보고 싶었어요. 첫사랑과 재회하는 것처럼 설레어하면서 그 학생을 기다렸죠.

"작가님, 저예요!"

학생은 반갑게 인사하며 제가 대기하고 있던 회의실에 들어왔어요. 저는 깜짝 놀랐죠. 그 아이였어요. 파란 국물, 아니 파란 눈물이요! 첫 강의 때 눈물을 흘려서 저도 눈물 흘리게

했던 바로 그 녀석이요. 첫사랑을 기다리다가 귀신을 본 것처럼 놀라는 저를 보며 녀석은 한참을 웃었어요.

"오늘 강의 어땠어?"

"그때보단 안 떠시던데요!"

역시 아이들은 정직하고 솔직하죠? 아이들의 솔직한 말에 나름 적응했다고 생각하는데도 매번 깜짝깜짝 놀라요. 아이의 말처럼 저는 정말 처음보단 덜 떨고 강의를 했어요.

하지만 세 번째 기회가 올지 의문이었는데, 얼마 후 기회가 왔어요. 학교에서 강의를 들었던 한 학생이 자신이 다니는 복지관에 가서 말했거든요.

"저희도 반말로 강의하는 작가님 불러 주세요!"

신기하게도 저는 강의 주최자나 선생님들이 검색하고 찾는 강사가 아니라, 아이들이 직접 신청해서 섭외되는 강사가 되었죠. 사실 저는 그게 제일 좋았어요. 아이들이 듣는 강의를 아이들이 직접 원해서 가게 된다는 거요.

누군가는 그랬어요. 제가 처음 강의를 한다고 했을 때, 이미 늦었다고요. 스무 살 때부터 강의를 준비하고 전문적으로 공부하는 사람들이 얼마나 많은데, 그저 글만 쓰다가 서른이 훌쩍 넘은 나이에 무슨 강의를 하느냐고요. 강사를 진로로 정하고 꾸준히 공부하고 준비해도 어려운데, 이렇게 늦게 시작하면 더욱 어려울 거라는 소리를 참 많이 들었죠. 그렇게 말한 '누군가'가 꽤 많았어요.

하지만 저에게 '누군가'의 수는 중요하지 않았어요. 다만 내가 사랑하는 청소년들에게 강의를 통해 하고 싶은 말이 있는지 고민했죠.

하고 싶은 말은 분명히 있었어요. '누군가'의 수보다 제가 전하고 싶은 '메시지'의 수가 더 많았어요. 그렇다면 하고 싶었어요. 기회가 한 번 오면 한 번 하고, 백 번 오면 백 번 하면 되는 거지, 백 번이 아니라고 못할 이유는 없으니까요. 저는 하고 싶다는 마음을 꼭 붙잡고 열심히 준비했어요. 기회가 올 때마다 정말 열심히 강의했고요. 일찍 시작하진 못했지만 지금 시작할 순 있는 거니까요.

제가 스무 살 때부터 준비했다면, 이렇게 강의를 계속하고 그 내용을 책에 담기 위해 이렇게 열심히 쓰고 있을 수 있을까요? 그럴 수도 있겠죠. 아닐 수도 있고요. 그건 아무도 몰라요. 방학 때 열심히 만든 생활계획표대로 살아지지 않는 것처럼 삶도 계획대로 되진 않으니까요.

그럼 늦게 시작해도 되는 걸까요? 그것 또한 그럴 수도, 아닐 수도 있어요. 느리거나 빠르거나 하는 것이 답이 될 순 없는 것 같아요.

우리가 '된다'는 걸 너무 정해 놓고 있는 건 아닐까요? 사실 일찍 시작해도 되죠. '된다'는 게 어느 정도인지 미리 정해 두지만 않는다면요. 늦게 시작해도 돼요. 이것 또한 '된다'는 걸 정해 놓고 그마저도 안 된다고 자책하지만 않는다면요. 우리 모두 다 되었고, 되고 있고, 될 거예요.

우리는 모두 성공을 바라지만, 성공 또한 너무 정해 두었어요. 열심히 하면 성공한다고 하죠. 요즘 청년들은 열심히 해도 성공하지 못한다고 생각해서 힘들어해요.

그런데 성공이 뭔데요? 성공이란 단어에 가치와 가격이 정해져 있나요? 커트라인이 있는 거예요? 열심히 하루하루 최선을 다해 일하는 사람이라도 집이 없으면 성공한 게 아니에요? 일 안 하고 빈둥빈둥 놀아도 집하고 차가 있으면 성공한 거예요? 에이, 무슨 성공이 그렇게 시시해요? 성공을 누가 그렇게 정해 놓았나요? 먼저는 세상이, 그다음은 우리가 정해 놓은 것 아닐까요? 세상도, 우리도 너무 정해 두는 경향이 있어요.

목표가 있으면 좋죠. 하지만 꼭 목표를 이루어야 하는 건 아니에요. 목표가 없어도 이만큼이나 살아 내고 있으니 좋은 거고요. '성공'이나 '된다'는 것을 정해 두지 않았으면 좋겠어요. 무엇보다 속도는 답이 될 수 없으니까요.

속도만 생각하면 저는 모든 게 너무 늦었어요. 강의뿐 아니라 책 쓰는 일도요. 책도 서른이 넘어서 쓰기 시작했거든요. 청소년 사역도 그래요. 사역을 하겠다고 무엇을 연마하거나 미리 준비한 것이 아니에요. 사실 '사역'이란 말도 한참 사역을 하고 나서야 알게 되었어요. 저는 누구에게도 제가 사역자라고 말한 적이 없는데, 사람들이 저를 청소년 사역자라고 부르더라고요. 저는 자유롭게 아이들을 만나는 게 좋을 뿐이어서, 사람들이 저를 그렇게 부르는 게 싫기도 했어요. '사역자'라는 말 안에 갇히는 것 같았거든요.

"너는 사역자니 이래야지, 저래야지."

이런 말도 참 많이 들었어요.

이래야 하고 저래야 하는 게 왜 그렇게 많은지. 게다가 크리스천은 더욱 이래야 하고 저래야 한대요. 아, 그런 게 어딨어요? 정말 답답했어요. 지금은 그런 말을 들어도 그 말에 갇히지 않을 만큼 마음의 여유가 생겼지만 한동안은 정말 힘들었어요. 게다가 사역에도 시기를 묻는 분들이 있더라고요.

"사역을 늦게 시작했네요?"

"결혼하고 아이까지 있는데 어떻게 사역을 시작할 생각을 했어요?"

계획하고 한 일이 아니라고 기회 있을 때마다 말했는데도 자꾸 이렇게 묻는 분들이 있었어요.

속도를 묻는 것이죠. 아이까지 있는 기혼 여성이 무엇을 시작한다는 것이 참 늦었다는 인식을 주기에 충분한 시대였죠(지금은 이런 인식이 많이 바뀌었으니 과거형으로 말할게요). 기혼 여성이어서 못할 일은 없지만, 기혼 여성에게 주어지는 기회가 적은 것이 사실이고, 무엇을 시작하기에 늦었을 뿐 아니라 힘들 것이라는 편견이 있는 것도 사실이니까요.

실제로 정말 힘들긴 했어요. 아이 둘을 양육하는 일은 제 삶을 담보로 하는 것이라고 해도 과언이 아니었어요. 함께 글 쓰던 동기들은 이미 저 앞에 가고 있었고, 그 거리가 얼마나 먼지 가늠하기도 어려울 정도였어요.

솔직히 지금 생각해 봐도 저는 정말 여러모로 늦었어요. 그래서 그냥 앞을 안 봤나 봐요. 저 앞에 가는 사람들을 보면 힘이 빠지니까 그냥 저 자신만 봤어요. 지금 당장 내가 나아갈 수 있는 만큼만 내다보며 걸었어요. 제자리걸음일 때도 많았어요.

속도는 신경 쓰지 않기로 했어요. 제가 무엇을 하고 있다는 사실만으로도 벅차고 기쁘고 정신이 없으니 나 자신을 믿고 응원하기로 했어요. 느려도 괜찮으니 포기하지만 말자고 생각하며 걸었어요.

대신 신경 쓰는 게 있었어요. 그게 뭐냐고요?

그건 바로 '방향'이에요.

방향을 생각하며 가야죠

지금 어디에 있나요? 집이나 학교, 사무실, 카페 어디든 상관없어요. 지금 있는 곳에서 출발할 거예요. 어디로 가냐고요? 용인에 있는 놀이공원 ○○랜드로요. 우선 차에 올라타고 운전을 시작하세요. 운전을 못하면 택시를 타세요. 택시 요금이 많이 나올 거라고요? 괜찮아요. 이건 상상이니까요.

자, 그럼 갑니다. 우선 직진으로 갈 거예요. 속도는 본인이 원하는 만큼요. (앞에서도 말했지만 원래 속도에는 속력과 방향의 개념이 함께 있어요. 그래도 보통 '속도' 하면 속력을 떠올리니, 이 책에선 그냥 빠르기 개념으로 속도라는 말을 쓸게요.) 그냥 계속 원하는 속도에 맞춰 가니 어떤가요? 제대로 잘 가고 있나요? 목적지를 향해 가고 있는 건가요? 아닌 것 같아요?

그럼 방향을 보기로 해요. 직진만 하면 될까요? 아니죠. 직진했다가 우회전도 했다가 좌회전도 해야죠. 휴게소가 보이면 화장실에 들렀다가 유명한 소떡소떡도 맛보고요. 그리고 다시 출발해서 갑니다. 반대 방향으로 나왔다고요? 그러면 유턴해야죠.

속도보단 방향이 먼저예요. 우회전할지 좌회전할지 방향을 잡은 다음에 속도를 내야지 무작정 달리기만 하면 엉뚱한 방향으로 가게 돼요. 아무리 앞서가도 방향이 틀리면 무슨 소용이 있겠어요. 제자리에서 몇 바퀴를 돌더라도 제 방향을 찾아서 가야지, 틀린 방향으로 가면 아무리 멀리 갔더라도 다시 돌아와야 하잖아요.

속도보다 방향이 먼저지만 결국은 속도와 방향이 만나서 같이 가야 해요. 아직 인생에 속도가 붙지 않았다면 방향을 잡는 시간일 거예요. 방향을 잡고 있는 중이라고 자기 자신을 격려하고 믿고 응원해 주면 언젠가는 속도가 따라와 붙을 거예요.

너무 오래 걸려서 걱정이라고요? '오래'란 무엇과 비교해서 오래인 걸까요? '오래'라는 건 이미 정해진 시간이 있는데, 그 시간보다 더 걸린다는 뜻이잖아요. 사람마다 방향 잡는 시간이 다르고 정해져 있지 않은데, 어떻게 시간이 오래 걸리는지 알겠어요. 주위 사람들이 '이 정도 걸리겠지'라고 예상하는 시간보다 더 걸리면 오래라고 생각할 순 있지만, 그러면 안 된다고 말할 순 없잖아요.

주변의 누군가가 방향을 잡지 못해 우물쭈물하고 있다면, 방향 잡는 시간을 예상하지 말고 기다려 줘야 해요. 어른들일수록 그걸 참 힘들어하는 게 문제죠. 우물쭈물하는 아이가 내 자녀인 경우는 더욱 그렇고요.

자, 다시 놀이공원을 향해 가 볼게요. 한창 잘 달리고 있는데 네비게이션이 이상하네요. 업데이트를 안 해서 그런지 자꾸 오류가 나요. 좌회전하고 나서 금세 우회전하라더니 다시 유턴을 하라고……. 한참을 헤매고 있어요. 얼른 놀이공원에 가면 좋겠는데 시간이 아까워요.

그런데 그 시간이 정말 아깝기만 한 시간일까요? 좌회전해서 잘못 가다가 우연히 메타세콰이어 길로 들어갔네요. 양쪽으로 나란히 서 있는 키 큰 나무들이 어찌나 푸른지 차를 잠시 세워 놓고 넋놓고 바라보았어요. 정신 차리고 다시 출발해서 우회전을 했는데 호두과자를 팔고 있네요. 한 봉지 사서

먹는데 왜 이렇게 맛있는 거죠? 브랜드도 없는 호두과자인데. 아주머니가 직접 구워서 가져온 건가 봐요.

호두과자를 먹으며 유턴을 했어요. 아, 여기에 이렇게 예쁜 호수가 언제부터 있었던 거죠? 햇빛에 반짝이는 호수가 너무 예뻐서 차를 세우고 내려서 사진을 찍었어요.

♥

좋아요 32개
우연히 만난 호수
#반짝반짝 #별빛같아

인스타그램에 사진을 올렸죠. 팔로워들이 하트를 누르고 있다는 알림이 오네요. 미소를 지으며 차에 다시 올라탔어요. 놀이공원에 도착할 시간은 늦어져도 기분은 좋아요. 아니, 기분은 좋은데 놀이공원에 도착할 시간은 늦어졌죠.

어떤가요? 방향을 잘 잡으려고 방황했던 시간은 아무 쓸모가 없었나요? 헤매는 바람에 더 소중한 순간을 만나진 않았나요?

시간상으로만 보면 꽝인 주행길이에요. 뱅뱅 돌고, 우회전과 좌회전을 착각하고, 유턴 지점을 지나치기도 하고요. '아, 바보 같아' 하며 제 머리에 꿀밤을 먹이고 싶은 시간이었죠. 그런데 돌고돌아 방향을 찾고 나서 돌아보니 이상하게도 뱅뱅 돈 그 시간이 참 유익했더라고요.

겨우 방향을 제대로 잡아서 달리니 속도가 붙었어요. 진즉 이렇게 달렸어야 하는데 하는 아쉬운 마음도 들었지만, 불평만 하다간 더 늦을 테니 속도가 붙는 대로 열심히 갔어요. 지금도 가고 있고요. 문득 깨달았어요. 방향을 못 잡고 어디가 맞는 방향인지 몰라 답답해하고 방황하며 고민하던 모든 시간들이 제 삶에 녹아들어 저만의 이야기가 됐다는 걸요.

강사로 데뷔하기엔 늦었다고 사람들이 말했을 때, 저도 강의가 제 체질은 아니라고 생각했어요. 그래서 그냥 저처럼 수다를 떨었어요. 수다는 자신 있으니까. 그걸 무대에 올라가서 하면 되는 거잖아요. 강의가 끝나고 나면 "강의 같지 않아서 좋았어요"라는 이상한 말을 많이 들었어요. 저는 그게 그냥 저인 것 같아 듣기 좋았어요.

제가 헤매는 동안 들어섰던 메타세쿼이어 길, 한참을 바라보았던 호수, 정말 맛있게 먹었던 호두과자 등이 모두 강의 소재가 되었어요. 헤맸던 그 시간은 방향을 잡지 못해 허비한 시간이 아니라 방향을 잡을 때까지 경험을 쌓는 시간이었던 거죠.

요즘 어떠세요? 이제야 좀 속도가 붙는 것 같으세요? 그럼 방향을 잡느라 우물쭈물한 동안에 얻은 게 분명 있을 거예요. 혹시 인생의 시간이 멈춰 있는 것 같고, 여전히 너무 느린 것만 같으세요? 그렇다면 지금은 방향을 잡는 시간일 거예요. 좌회전이 여러 번이어도, 유턴하느라 짜증이 나더라도 잊지 마세요. 그대는 지금 방향을 잡고 있는 중이지 아예 길을 잃은 건 아니에요!

어쩌면 느린 게 아니라 그것이 자기에게 맞는 속도일 수도 있어요. 어느 세대는 어떤 속도를 내야 한다는 공식은 없으니까요.

저는 하나님이 우리 한 사람 한 사람을 정성스럽게 빚으셨다고 믿어요. 제 경우 어깨를 너무 넓게 빚으신 거 같다고 투덜거릴 때도 있지만, 누구 하나 대충 빚어진 사람은 없어요.

개개인의 인생 속도가 같으면 그게 더 이상하지 않을까요? 생김새도, 성격도, 삶의 모양도 다른데 속도가 같으면 그게 더 이상하죠.

우리는 "느려도 괜찮아"라는 말에 위로를 받고, 그 위로도 오래가지 않는다고 투덜대지만, 하늘에 계신 그분은 지금 이렇게 말씀하고 있는지도 몰라요.

"네 속도로 잘 가고 있다."

그러니 굳이 자신을 점검하고 싶다면 방향을 확인하세요. 속도는 방향이 잘 잡히면 자동으로 따라와 줄 거예요.

이제야 저 앞에 놀이공원이 보이네요. 차도 별로 없으니 속도를 좀 올려 볼게요. 부웅~ 드디어 주차장에 도착했어요. 낯익은 차가 보이네요. 한참 전에 앞질러 간 차예요. 훨씬 빨리 도착했을 줄 알았는데 도착한 지 얼마 안 된 모양이에요. 차 주인도 의아해하며 물어요.

"어, 속도를 전혀 못 내더니 어떻게 벌써 왔어요?"

"그러게요. 방향을 잡느라 시간이 오래 걸린 줄 알았는데 생각만큼 늦진 않았어요."

제 뒤에 들어오는 차의 주인도 놀라며 물어요.

"어, 이제 주차하신 거예요? 저만 낙오된 줄 알았는데, 이 정도면 괜찮게 온 거죠?"

"그럼요. 제 속도로 잘 오셨어요. 수고하셨어요."

뒤에 도착한 차 주인과 이야기를 나누는 중에 앞에 도착한 차 주인은 이미 주차를 마치고 놀이공원에 입장하네요. 역시 빠르긴 해요. 하지만 괜찮아요. 각자에게 맞는 속도대로, 무엇보다 방향을 잘 찾아서 온 거니까요. 무엇보다 여기가 인생의 최종 도착지도 아니잖아요. 순위를 매기거나 승패를 가리진 말아요.

다음 그림은 '사람의 계획'과 '하나님의 계획'이 어떻게 다른지 보여 주고 있어요. 위의 그림이 사람의 계획이고, 아래 그림이 하나님의 계획이에요.

먼저 사람의 계획을 보기로 해요. 길이 아주 평탄하고 넓어요. 어떤 사람이 자전거를 타고 가네요. 자전거가 좋아 보여요. 길이 좋으니 뭐 하나 걸릴 게 없어요. 페달을 밟으며 쭉 가면 돼요. 길의 끝에 큰 깃발이 있어요. 그걸 뽑아 드는 것이 보통 사람들이 꿈꾸는 인생이죠.

사람의 계획

하나님의 계획

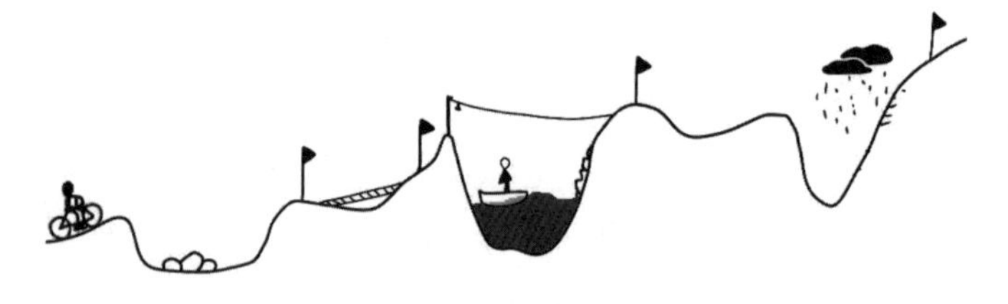

이제 아래 그림을 볼게요. 길이 아주 별로예요. 울퉁불퉁하네요. 별로 좋지도 않은 자전거를 타고 그 길을 가야 해요. 길에는 돌덩이들도 있고, 아주 좁은 흔들다리도 있고, 잘못하면 풍덩 빠질 것만 같은 웅덩이도 있어요. 그래도 열심히 가다 보니 이제 좀 괜찮으려나 싶어요. 그런데 이제 날씨가 말썽이네요. 비가 억수같이 내려요. 아무리 가도 큰 깃발이 보이지 않네요. 자세히 보면 작은 깃발들이 있긴 하지만, 어디다 내놓고 자랑할 만한 것도 아니고 그닥 소용도 없어 보여요.

정말 엉망이죠? 그런데 이게 하나님의 계획이래요. 도대체 왜일까요?

그 이유를 알아내기 위해 아래 그림을 다시 한번 볼게요.

처음 출발할 때 평탄대로인 줄 알았던 길에 오르막길과 내리막길이 있네요. 내리막길에는 설상가상으로 돌덩이가 있고요. 그런데 아예 답이 없진 않아요. 다시 올라갈 길이 준비되어 있으니까요.

다시 힘을 내어 가다 보니 길이 끊긴 것 같아요. 아, 자세히 보니 끊긴 게 아니라 건너갈 수 있는 다리가 놓여 있어요. 좁고 흔들리지만 충분히 건널 수 있을 것 같아요. 다리를 건너니 이제 경사길도 별로 없네요.

그런데 비가 내려요. 영원히 쏟아질까 봐 염려돼요. 그런데 다행히 금세 그치는 소나기였어요. 다시 맑아진 하늘을 보니 언제 비가 내렸나 싶어요.

아래 그림에서 무엇보다 놀라운 건 하나의 큰 깃발은 없지만 여러 개의 작은 깃발들이 있다는 거예요. 사람들에게 자랑할 만한 크기가 아니어서 아쉽지만 나에겐 충분히 의미 있는 것들이에요. 일류 대학에 들어가고 대기업에 취업하는 정도가 아니면 대수로울 게 없다는 듯 사람들은 말하지만, 그건 하나님의 계획을 잘 몰라서 하는 소리예요.

신발 끈을 스스로 묶고 가방을 혼자 메던 날, 내가 할 수 있는 일이 있다는 것에 우리가 얼마나 뿌듯해했는지 기억나세요? 초등학교에 입학해서 친구를 사귀고, 친구와 함께 급식을 먹고 장난치며 얼마나 많이 웃었는지도 기억나시죠? 사람들에게 자랑할 만한 것은 아니지만 참 많은 웃음들이 우리 인생에 담겼잖아요.

지금도 그래요. 사랑한다고 말할 수 있죠. 힘내어 걸어갈 수도 있어요. 삼시 세끼를 다 먹을 수도 있죠. 우리는 이렇게 일상에서 소소한 깃발을 흔들며 기쁨을 누리며 살았고, 지금도 그렇게 살고 있어요. 사람들은 큰 깃발 하나 보이지 않는 별 볼 일 없는 인생이라고 함부로 말할지도 몰라요. 하지만 우리 자신은 알잖아요. 수많은 작은 성취감들이 이제껏 내가 살아온 힘이 되었다는 걸요. 작은 깃발을 하나씩 뽑아 들 때마다 우리는 참 기쁨을 누렸잖아요.

그렇다면 '사람의 계획'을 보여 주는 위의 그림은 우리의 상상이 빚은 판타지가 아닐까요? 좋은 자전거를 타고 평평한 큰 길을 쭉 직진만 해서 큰 깃발을 뽑아 드는 인생이 정말 있긴 한가요? 청년들의 말을 들어 보면 진짜 있는 것 같긴 해요.

"남들은 다 아무 일 없이 잘 가는데 나만 왜 이런지 모르겠어요."

청년들에게서 이런 말을 많이 들어 봤거든요. 그런데 여기서 '남들'이란 누구를 말하는 걸까요? 위의 그림에서 자전거 탄 그 사람은 도대체 누구인 거죠? 그 '남들'을 실제로 본 적이 있나요? 이렇게 물으면 청년들은 골똘히 생각해요.

그럼 제가 다시 물어요.

"저는 한 번도 못 봤어요. 정말 본 거예요? 어디 있어요?"

"잘 모르겠어요."

청년들은 대개 이렇게 대답해요. 그게 정답이에요. 건너건너 그런 사람이 있다고 들었든가, 흔히 말하는 엄마 친구의 아들이나 딸인 거죠.

"신문에서 본 것 같아요."

"뉴스에 나오잖아요."

가끔 이렇게 대답하는 청년도 있어요. 맞는 말이에요. 그런 사람들이 가끔 존재하긴 하죠. 그나마 언론에서요. 그만큼 흔하지 않다는 뜻이에요. 그런 사람들이 흔하면 뉴스거리가 될 리 없으니까요. 평생에 한 번 볼까 말까 하는 그 '남들'은 대부분 가상인물이에요. 우리 스스로를 채찍질하기 위해, 그래야 성공할 것 같아 만든 가상인물이요.

어떠세요? 위의 그림처럼 아무 일 없이 잘 가는 사람보다 아래 그림처럼 무슨 일이 있어도 가는 사람이 더 멋지지 않나요? 아무 일 없어도 잘 가는 '남들' 말고 무슨 일이 있어도 가는 내 모습 그대로 가면 돼요.

언젠가 청년들과 함께한 토크 콘서트에서 한 청년이 물었어요.

"제가 크리스천인데 작가님도 크리스천인 것으로 알고 있습니다. 일반 토크 콘서트지만 신앙에 관한 질문을 해도 될까요?"

저는 다른 관객들에게 종교와 관련된 질문을 받아도 되겠느냐고 물었어요. 관객들이 양해를 해줘서 그 청년의 질문을 받았죠.

"제가 하나님께 응답을 받았어요. A대학에 원서를 내라는 응답이었어요. 저는 응답을 확신하고 A대학에 원서를 냈어요. 그런데 떨어졌어요. 어떻게 된 걸까요?"

"음, 그건 응답일 수 있어요. 아닐 수도 있죠. 소망이 클 때 자신의 간절한 소망을 응답으로 착각할 수 있어요. 하지만 좀 전에 말했듯 그게 응답일 수도 있어요. 그건 하나님과 그대만이 아는 사실이니까요."

청년은 의문이 풀리지 않았는지 질문을 이어 갔죠.

"그것이 정말 응답이라면 왜 저는 떨어졌을까요?"

"간단해요. 그대가 받은 응답은 A대학에 합격하는 게 아니라 A대학에 원서를 내는 거였다면서요?"

관객들은 웃었지만 그 청년만은 웃지 않았어요. 청년은 더욱 심각해진 표정으로 물었어요.

"합격할 게 아니면 원서를 낼 필요가 없지 않나요? 합격할 것도 아닌데 왜 원서를 내라고 하셨을까요?"

"미안하지만 나는 그렇게 생각하지 않아요. 하늘의 뜻을 다 알진 못하지만, 나는 합격하지 않더라도 원서를 내라고 할 수 있을 것 같아요. 지원이 곧 합격이라는 결과를 내야 한다는 건 철저하게 세상의 논리가 아닐까요?

우리는 자신이 기대하는 결과에 집착한 나머지 오류를 범할 때가 있어요. 조금 다른 얘기이긴 하지만, 건강검진을 하고 나서 건강하다는 결과가 나오면 검진비가 아깝다고 짜증을 내는 사람이 있죠. 생각해 보면 건강하다는 결과만큼 돈을 내고서라도 듣고 싶은 결과가 또 있을까요? 우리는 투자한 만큼 성과를 내길 원하고, 답을 정해 놓고 그대로 결과가 나오길 바라죠.

지원서를 내면 합격해야 한다, 합격하지 않으면 지원서를 낼 필요가 없다는 것도 결과만 생각한 거예요. 하늘의 뜻을 잘 모르겠지만, 합격 여부를 떠나 진로를 고민하고 지원하는 과정에서 얻게 된 작은 기쁨들도 있지 않았을까요?"

"어떤 기쁨이요?"

"원서를 내러 가다가 먹은 떡볶이는 그날 하나님이 그대에게 주고 싶은 양식이었을 수 있어요. 그대가 지나가던 골목길에서 본 작은 들꽃은 하늘이 그대에게 건네는 위로였을지도 몰라요. 목사님에게 했던 기도 부탁이 그대의 기도가 다시 시작되는 불씨였을 수도 있고요. 원서를 내본 경험이 다음 원서를 낼 때 큰 도움이 되기도 하겠죠.

그런데 결과에만 시선을 고정하면 그런 게 눈에 들어오지 않아요. 큰 깃발만 보려고 하니 우리 앞에 작은 깃발이 무수히 있어도 보지를 못해요. 남들이 인정해 주지 않는 크기의 깃발은 성에 차지 않으니까요."

"정말 감사합니다."

청년은 그제야 자리에 앉았고, 관객들은 박수를 쳤죠. 사실 박수보다 더 좋았던 건, 저도 청년에게 대답하면서 제 마음속에 자리 잡은 생각을 알 수 있게 된 거예요. 자기 마음속에 있는 거라도 꺼내서 보지 않으면 모를 때가 많잖아요.

우리는 좋은 결과를 원해요. 우리 인생에 결과가 참 중요해요. 좋은 결과는 큰 기쁨을 안겨 주기도 하죠. 하지만 결과만이 기쁨일 순 없잖아요. 그렇다면 우리에게 기뻐할 일이 얼마나 있겠어요.

게다가 세상의 기준대로 좋은 결과를 얻기란 참 어려운 일이죠. 우선 '좋다'는 것의 기준을 맞추는 게 어려워요. 사람마다 기준이 다르고, 세상의 기준은 계속 변하거든요.

그리고 한번 얻은 '좋은 결과'가 언제까지나 '좋은 결과'로 머물러 있지도 않아요. 결과는 금세 또 하나의 과정이 돼요. 대학이란 결과는 직장으로 출발하는 과정이 되고, 직장 또한 결과가 아니라는 것을 곧 알게 되죠. 비혼이나 결혼도 결과가 될 순 없고요. 어떤 목표를 이루고 좋은 결과를 얻었다고 해서 거기에 머물러 있을 순 없어요. 우리의 삶은 계속 이어지니까요.

그러니 생각해 보면 좋겠어요. 과정에서 얻는 기쁨도 많다는 걸요. 결과만이 기쁨을 선사하는 건 아니라는 걸요.

언덕 위의 밤나무만 보고 가다가 길가에 떨어져 있는 밤을 그냥 지나친 건 아니에요? 떨어져 있는 밤을 줍기는커녕 밤송이 때문에 따갑다고 불평만 하고 있는 건 아니죠? 우리는 밤을 따러 가면서도 이미 주어진 무수히 많은 밤들을 그냥 지나치는지도 몰라요. 그리고 정작 언덕 위에 도착했을 땐, 생각보다 밤이 많지 않아서 실망하죠.

"짜증나. 나는 언제 밥을 실컷 먹을 수 있을까?"

때로 우리는 밥을 먹으면서도 이렇게 투덜대고 있는지도 몰라요.

'자살각'이라는 말 들어 보셨어요?

저를 만나러 오는 사람들이 무수히 지금이 결과라고, 결과일 뿐이라고, 그래서 괴롭고 우울하다고 말해요. 인생을 얼마간 살아본 분들이 그렇게 말하는 걸 들어도 속상한데, 아직 사회에 제대로 발디뎌 보지도 않은 친구들이 그런 말을 하는 걸 들으면 정말 속상해요.

아직 인생의 아침이잖아요. 아침을 못 먹었다고 점심도, 저녁도 없을 것처럼 말하면 가슴이 아파요. 인생은 언제 끝나는 건지 모르지만, 그렇다고 우리가 금방 끝날 것처럼 살진 않잖아요. 인생에서 정말 빛나는 시절인데 정작 본인들은 그 아침의 빛을 모르니 속상할 수밖에요.

청소년들을 만나 보면 어른만큼이나 결과에 목숨을 걸어요. 세상이 그렇게 말하고 있으니 그런 거겠죠. 결과가 좋아야 한다는 강박은 어른이 되어서 뿅 하고 나타나는 것이 아니라 청소년 때부터, 대학이란 결과에 목숨 거는 그때부터, 혹은 그 이전부터 생기는 거겠죠.

아이들은 말해요. 시험도 결과이고, 대학도 결과이고, 친구 관계도 결과라고요. 그 결과가 안 좋으니 자기 인생은 앞으로도 쭉 아플 거래요. 그런 말을 자꾸 듣다 보면 정말 힘이 빠져요. 사실은 그렇지 않잖아요.

제가 줄 수 있는 위로는 한계가 있어요. 그런 말을 들을 때면, 제가 할 수 있는 설명도 아무 힘이 없는 것처럼 느껴져요. 아이들의 그런 생각은 미세먼지 같아요. 잘 보이지 않는데 쫙 깔려 있어서 쉽게 걷어 내기 힘들죠. 그 생각이 아이들 사이에 미세먼지처럼 깔려 있다는 건 신조어로도 알 수 있어요. 아이들은 자신들이 만든 신조어에도 '지금이 결과'라는 마음을 담아 버렸거든요.

"아, 성적 또 떨어졌어. 인망이야."

"엄마 아빠 이혼한대. 이생망. ㅠㅠ"

'인생 망쳤다', '이번 생은 망했다'라는 뜻이에요. 참 슬픈 말이죠. 그래도 '인망'이나 '이생망'은 장난기 섞인 말이에요. 농담이라도 안 했으면 좋겠지만 농담 삼아서 하죠. 어른들이 "그런 말은 하지마" 하면 "장난이에요"라고 둘러댈 만한 말이에요.

하지만 농담이라고 둘러댈 수 없는 말이 있어요. '자살각'이요. 들어 보셨어요? '자살감'(자살할 만한 감정)을 넘어 자살각으로 갔죠. 자살각은 아이들이 좋아하는 게임에서 나온 용어 '각'이 '자살'과 합쳐진 말이에요. '각'은 '~을 할 수 있는 범위'나 '~을 할 것 같은 상태'를 말해요.

"나 요즘 넘 살쪘어. 다이어트각!"

"이번 화장품 넘 잘 샀어. 인생템각!"

'각'은 이런 식으로 사용해요. 그러니 자살각은 자살할 것 같은 상태를 말하는 것이죠. 한마디로 죽고 싶다는 거예요.

"아, 인생 끝났다. 자살각이야."

"내가 갈 수 있는 대학이 없다. 자살각!"

"우리 엄마랑 아빠 결국 이혼한대. 자살각임."

이런 말조차 장난이라고 둘러대는 아이들도 있을 거예요. 하지만 정말 심각하게 '죽고 싶다'는 뜻으로 사용되는 경우가 더 많아요. 결과를 탓하는 말 중에 저는 이 말이 가장 슬퍼요. 하지만 슬퍼하고만 있을 순 없으니 말하죠.

"나도 죽고 싶었어."

명색이 크리스천인데 이런 말을 한다고 욕도 좀 먹었어요.

"하나님 믿는 사람이 하나님은 사랑이라고, 하나님은 널 사랑하신다고 말해 줘야지 같이 죽고 싶다는 이야기를 해요?"

이런 말을 곧잘 들었죠. 그런데 제 생각은 좀 달라요. 모태 신앙을 가진 아이가 저를 찾아올 때 하나님은 사랑이란 걸 몰랐을까요? 그런 말을 안 들어 봤을까요? 아니까 더 괴로운 건 아닐까요?

'하나님이 사랑이라고 하는데 난 모르겠어. 그 사랑이 내겐 오지 않는 것 같아.'

이렇게 생각하는 아이에게 "하나님이 널 사랑하시는데 무슨 걱정이야"라고 말하는 건 위로라기보다 폭력에 가까워요.

정말 하나님의 사랑을 알게 해주고 싶다면, 상대방을 배려하며 서서히 다가가야지 성큼성큼 다가가면 오히려 뒤로 물러나요. 힘들어하는 아이 옆에 머물며 계속 얘기를 들어 주고 공감하며 같이 아파하다 보면, 어느 날 아이들이 물어요.

"작가님은 왜 그때 날 받아 줬어요?"

"쌤은 어떻게 그때 내 마음에 공감할 수 있었어요?"

그럼 그때 이렇게 대답해요.

"난 하나님을 믿거든. 그 하나님이 너를 네 모습 그대로 사랑하신다고 믿거든."

"난 하나님이 네 맘을 누구보다 공감해 주실 분이라고 생각했어. 그 마음을 닮고 싶었지."

사실 시간이 많이 드는 일이에요. 정성도 많이 들어요. 힘들어하는 아이들이 찾아왔을 때 바로 '하나님'을 들이미는 게 빠르다고 생각할 수도 있어요. 하지만 그 아픔 하나 공감하지도 못하면서 하나님을 들이민다고 아이들이 넙죽 받으며 고마워할까요?

무엇보다 언어는 상대방에게 맞게 써야 해요. 너무 아프면 우리는 어린아이가 돼요. 다른 건 아무것도 안 보여요. 그냥 아파요, 너무.

그래서 누군가 믿을 만한 사람이나 믿을 만한 사람이 되어 줄 것 같은 사람에게 말해요.

"아파, 너무 아파……"

그럴 때 어떤 위로를 해줄 수 있을까요? 예전에 제가 너무 힘들 때 신앙 좋은 권사님께 힘든 사정을 털어놓은 적이 있었어요. 그때 권사님은 이렇게 말씀하셨죠.

"많이 힘들지. 나도 그랬어."

진짜 의외였어요. 누가 봐도 모범적이고, 아무리 힘든 일이 있어도 하나님을 바라보며 거뜬히 이겨 내실 것만 같은 분이었거든요. 그분이 하신 말씀 "나도 그랬어"는 제게 복음이었어요. 정확히 말하면, 다시 복음으로 향하는 힘이 되어 주었어요.

저도 그런 위로를 주고 싶었어요. 그래서 죽고 싶다는 아이들이 찾아올 때 이렇게 말했죠.

"나도 죽고 싶었어."

그건 "나도 그랬어"와 같은 뜻이에요.

사실 제 마음이야 "죽지 마"라고 얼른 말하고 싶죠. 그런데 죽고 싶을 만큼 힘들 때 "죽지 마"라는 말이 마음에 닿을 수 있을까요? 그 사람은 정말 죽으면 안 된다는 걸 모를까요? 알지만 죽고 싶을 만큼 힘들어서 온 게 아닐까요?

한 아이가 찾아왔어요. 죽고 싶다는 친구가 걱정되어 어떻게 위로할 수 있을지 묻기 위해 온 거예요. 저는 같이 밥을 먹고 소소한 이야기를 나누며 함께 있어 주라고 했어요. 죽고 싶어 하는 친구의 마음에만 집중하면 오히려 같이 있는 게 두렵고 힘들어지는데, 지금 그 친구는 누군가 같이 있어 주는 게 가장 필요하거든요. 이야기 끝에 저를 찾아온 아이가 물었어요.

"제 친구는 천국과 지옥이 있다고 믿어요. 그런데 죽고 싶어 해요. 왜 지옥에 빨리 가고 싶어진 걸까요?"

"살고 싶지 않은 게 아니라 이렇게 살고 싶지 않은 거야. 지옥에 빨리 가고 싶은 게 아니라 지옥에 가도 지금보단 지옥이 아닐 것 같아서야. 지금이 너무 뜨겁고 아픈 지옥이니까."

아이는 고개를 끄덕였어요. 저는 한마디를 덧붙였어요.

"친구의 마음을 공감하되 너무 성큼성큼 다가가 잡아당기진 마. 천천히 다가가 손을 내밀고 있어. 시간이 걸리더라도 친구가 손을 내밀어 잡을 수 있고, 그렇지 않더라도 네가 내민 손이 그저 고마울 거야. 하지만 우리 맘이 급하다고 불쑥 잡아당기면 이젠 그 팔까지 너무 아플 거야."

그렇지 않나요? 아프고 힘들 땐 누군가 성큼성큼 다가와 잡아당긴다고 일어나지지 않잖아요. 오히려 잡아당겨진 팔이 빠질 것 같잖아요. 제가 힘들 때 성경 구절을 보내 주는 어른들이 많았어요. 제가 하나님을 믿는 사람이라는 사실을 각성시켜 주는 분들도 꽤 있었어요. 감사했지만 위로가 되진 않았어요. 오히려 점점 더 움츠러들었어요. 그런 말을 들을 때마다 이렇게 힘들어하는 것조차 잘못된 일인 것만 같았거든요.

그런데 "나도 그랬어"라는 말은 위로가 되었어요. 나만 그런 게 아니구나, 저분도 그랬다면 힘든 이 시간도 지나갈 수 있겠구나, 나 괜찮아질 수 있구나 하며 다시는 찾아오지 않을 것 같던 희망이 희미하게 보이기 시작했어요. 눈물이 바로 멈춘 것은 아니에요. 아주 오랜만에 기쁨 섞인 눈물을 흘렸죠. 그리고 시간이 좀 걸렸지만 내 앞에 내밀어진 손을 잡을 수 있었어요.

죽고 싶은 마음이 드는 건 나만 이렇게 죽을 만큼 힘든 것 같기 때문이에요. 살고 싶지 않은 게 아니라 이렇게는 살고 싶지 않을 때 그런 마음이 들어요. 나만 '이렇게'인 것 같아 겁나고 싫은 거예요.

"나도 죽고 싶었어."

이렇게 말하면 아이들은 물어요.

"에이, 쌤이요? 쌤은 좋아하는 아이들 만나고 강의하고 글 쓰고 행복하잖아요."

"말도 안 돼요. 작가님이 왜요?"

아이들의 동그란 눈을 보며 저는 담담히 이야기해요. 제가 정말 죽고 싶었던 시절의 이야기를.

실제로 저는 두 번 죽으려고 했어요. 우리 아버지는 '참으로 이슬다운 주님'을 섬기는 분이었어요. '참으로 이슬다운 음료수'라고도 하죠. 마트에 가면 어른들만 살 수 있는 초록색 병 있잖아요. ○○○ 소주.

아버지는 가족보다 그 초록색 병을 더 사랑했어요. 취해서 집에 돌아오면 접시로 원반 던지기도 했어요. 비싼 것 빼고는 다 던졌던 것 같아요. 우리 삼남매는 원반을 열심히 피하다가 때로 맞기도 했죠. 그게 너무 아파서 접시를 플라스틱 접시로 바꿔 두기도 했어요. 유리 접시로 맞는 것보단 덜 아플 것 같아서요.

엄마는 새벽시장에 나갔어요. 남대문 시장 아동복 상가 26호 가게. 선화. 엄마는 가게 이름을 제 이름으로 정했어요. 젖먹이 딸을 떼어놓고 일 나가는 게 너무 가슴 아파서 제 이름을 간판에 썼다죠. 주변 상인들은 엄마를 "선화야!"라고 불렀어요. 상인들은 서로의 상호로 서로를 불러요.

엄마는 오후 세 시쯤 집에 들어와 자정이 되면 일어나 준비하고 일을 나갔어요. 그때의 남대문 시장은 새벽에 문을 열어 지방 상인들에게 물건을 팔고, 오전에는 서울이나 경기 지역에서 온 손님들에게 물건을 팔고, 정오가 지나면 영업을 끝냈거든요. 엄마는 자정이 지나서 일을 나가야 하니 집에 오면 식사를 하고 주무셨어요.

사실 자정까지 곤히 자는 것도 아버지가 조용한 날만 가능한 일이었죠. 아버지가 '참으로 이슬다운 주님'을 섬기고 돌아오면 여지없이 온 가족이 일어나야 했어요. 원반 던지기라도 하는 날이면 우리 삼남매가 맞을까 봐 엄마는 몸으로 나와 동생들을 가리셨어요. 키 153.5센티미터. 작은 몸으로 엄마는 참 강했어요. 아니 강해야 했어요. 어릴 때 저는 엄마의 등 뒤가 최고의 안전지대라고 생각했어요. 저의 두려움이 너무 커서 제 앞을 막아선 엄마의 고통은 몰랐죠.

청소년이 되니 엄마의 고통이 보였어요. 차라리 내가 맞는 게 낫지 엄마가 맞는 건 못 보겠다는 생각이 들었어요. 하지만 엄마는 앞자리를 양보하지 않았고, 피곤이 가득한 얼굴로 언제나 제 앞에 섰어요. 종종 일어나지만 예상할 순 없는 전쟁이 불시에 일어났다가 잦아들면 엄마는 일을 나갔고, 저는 죄책감에 시달렸어요. 엄마를 제가 더 아프게 하는 것만 같았어요. 그래서 두 번, 내가 정말 없어져야겠다고 생각했어요.

한번은 욕조에 물을 받았어요. 중학생 때였죠. 어느 영화에서 여주인공이 한 대로 따라하려고 했죠. 보일러를 켰어요. 겨울이었는데 춥게 죽고 싶진 않아 따뜻한 물을 받으려고요. 그런데 따뜻한 물이 나오지 않았어요. 엄마에게 물으니 보일러가 고장났대요.

"언제 고칠 건데?"

"이번 주엔 돈 없으니까 다음주에 고칠게."

엄마의 말에 저는 욕조의 물을 뺐어요. 물이 너무 차가웠거든요. 이왕 죽는 거, 따뜻하게 죽고 싶어서요. 그 다음 주에 엄마가 보일러를 고쳤는지 안 고쳤는지는 기억이 안 나요. 죽고 싶다는 마음을 잠시 접어 두고 동생들과 투닥거리고 웃고 떠들며 지냈어요. 아버지가 또 전쟁을 일으키면 '플라스틱 접시도 아프네. 종이 접시로 바꾸면 아빠가 눈치챌까?'라고 생각하며 버텼어요.

고등학교 2학년이 되었죠. 제가 철이 든 건지, 아니면 크고 나니 엄마가 정말 작은 사람이라는 걸 알게 된 건지, 엄마가 맞는 모습을 도저히 못 보겠더라고요. 아버지에게 대들기 시작했어요.

"아버지는 악마야!"

이렇게 소리를 지르고 정말 울 수도 없을 만큼 맞았죠. 그때 깨달았어요. 아플 때 우는 건 울 수 있을 만큼만 아픈 거라는 걸. 신음도 못 낼 만큼 아프면 울지도 못하겠더라고요. 그날 새벽에 죽고 싶다는 마음이 다시 찾아왔죠. 옥상에 올라갔어요. 하늘을 올려다봤죠. 날이 밝아 오고 있었어요. 종교가 없을 때였는데 하늘을 보며 외쳤어요.

"혹시, 하나님이란 분이 진짜 계신가요? 정말 거기 계시다면 우리 엄마 좀 구해 주세요. 꼭 부탁드릴게요."

눈물이 뚝 떨어졌죠. 눈물을 훔치다가 발의 균형을 잃었어요. 쿵 하고 엉덩방아를 찧었어요. 정말 떨어질 뻔했어요. 그때 알았어요. 정말 죽을 뻔하면 죽지 못할 수도 있다는 걸. 떨어지려고 올라가 놓고 진짜 떨어질 뻔하니 어떻게든 살려고 버둥거리며 뒷걸음질치게 되더라고요. 어찌나 무섭던지 덜덜 떨며 간신히 옥상에서 내려왔어요.

제가 이 이야기를 하면 죽고 싶다고 찾아왔던 아이들이 울다가 웃다가 울어요.

"이제 사니까 좋아요? 바뀐 건 없잖아요. 쌤 아버지는 아직도 술 많이 드시지 않나요? 쌤은 아직도 부자가 아니잖아요."

"맞아. 상황도 문제도 여전히 있지. 그런데 이제 내가 그 속에 없어. 전에는 상황과 문제에 내가 뒤섞여 세탁기 속 빨랫감처럼 마냥 빙빙 돌았거든. 근데 이제는 아니야. 거기서 조금 걸어 나왔어. 사막만 있는 줄 알았는데 오아시스도 있더라. 평생 마실 만큼 물이 넘치진 않아도 목마름을 해소할 만큼은 됐어. 절벽만 있는 줄 알았는데 꽃이 한 송이 피어 있더라. 꽃밭은 아니었지만 그 한 송이가 얼마나 예뻤는지 몰라. 네 인생도 그럴 거야. 분명 어디선가 꽃이 피어나고 있어. 그거 볼 때까지 한번 살아 보자."

"없으면요?"

"어, 없지 않은데. 꼭 있는데. 그럼 네 눈에 보일 때까지 내가 치킨 쏠게. 무려 1인 1닭으로!"

"콜!"

간혹 어떤 아이들은 이렇게 물어요.

"지금도 그 꽃이 피어 있어요? 어디 있어요?"

"여기 있잖아."

"어디요?"

"여기! 너! 네가 그 꽃인데?"

"와, 닭살!"

"그럼, 닭살 먹으러 가자."

"콜!"

닭살 멘트 진짜 싫어하는 1인이었는데, 청소년들에겐 그런 말 얼마든지 할 수 있어요. 얘네들하고 닭을 너무 많이 먹어서 그런가 봐요.

아픔 많은 아이들을 자주 만나니 같이 아프기만 할 것 같다고 생각하는 분들이 많아요. 그런데 정말 어처구니없게 웃길 때가 더 많아요.

병문안 가 보셨어요? 병실에 들어서면 되게 이상해요. 아픈 사람들이 모여 있는데 웃고 있는 사람이 더 많아요. 왜 그럴까요? 저는 한번 의문이 들면 한 달도 넘게 고민할 때가 많아요. 이것도 그랬어요. 도대체 왜 그럴까? 참 오래 고민하다가 결론이 났어요. 지극히 주관적인 결론이니 틀릴 수도 있지만, 저는 오래 묵은 답답함이 좀 풀리는 것 같았어요.

'아프지 않아야 웃을 수 있다고 말하지 말자. 내가 아프다는 걸 인정하면 다시 웃을 수 있다.'

병원에 입원했다는 건 자신이 아프다는 걸 인정했다는 거잖아요. "나 아프지 않아"가 아니라 "나 아파"라고 말하는 거잖아요. 아프지 않다고 자기 상황을 부인하는 사람들이 웃는 걸 보지 못했어요. 그런데 "나 많이 아파"라고 말하는 녀석들은 그런 말을 하니 이제야 좀 살 것 같다며 울면서도 웃는 걸 봤어요. 누가 봐도 너무 아픈 아이가 웃길래 제가 물었어요.

"너 안 아파?"

"아니요, 아픈 건 아픈 거고 웃긴 건 웃긴 거죠."

그렇게 아픔을 인정한 사람들이 웃는 모습을 저는 자주 봐요. 저는 아픈 아이들에게 말해요.

"너 아프지 말라는 게 아니라, 아프지 않다는 게 아니라, 아픈 걸 인정하고 웃자는 거야."

우리도 그랬으면 좋겠어요. 아프면 아프다고 말하고, 아픔을 인정하고 아픔 속에서도 웃으며, 웃으면서도 울며 힘든 과정을 잘 지나가면 좋겠어요. 제가 청소년들을 위해 쓴 책『니가 웃었으면 좋겠어』맨 뒷장에 이런 말이 쓰여 있어요.

울고 싶을 때는 맘껏 울어.
하지만 다 울고 나면
나는 니가 웃었으면 좋겠어.

청소년들에게 한 말인데 가끔 어른들에게 연락이 와요. 그 문장을 보고 참 많이 위로를 받았다고요. 꼭 지금 위로받으라고 하는 말은 아니고요, 그냥 우리도 그랬으면 좋겠다고요. 울고 싶을 땐 울고, 울면서도 웃으며 힘든 과정을 지날 수 있으면 좋겠어요.

아이들이 '자살각'이라며 죽고 싶다는 마음을 표현하면 어른들은 깜짝 놀라지만, 사실 한 번도 '자살각'이 아니었던 사람이 있을까요? 정도는 다르겠지만 힘들지 않은 사람이 어디 있나요? 그런데 잘 지나왔잖아요. 잘 지나고 있잖아요. 그것이 과정이라는 걸 알잖아요. 그러면서도 우리는 왜 결과에 목숨을 걸까요?

연인의 마음을 떠 보기 위해 헤어질 마음이 없으면서도 헤어지자고 말하는 심리 같은 걸까요? 그러다가 연인이 진짜로 헤어지자고 하면 어쩌려고요. 마음은 마음 그대로 말하는 것이 가장 좋아요. 부끄럽거나 두려우면 그런 감정까지 말하면 돼요. 이렇게요.

"나 사실 너무 부끄럽지만 너랑 절대 헤어지기 싫어."

"나 사실 너와 헤어질까 봐 두려울 정도로 네가 좋아."

지금의 내 모습이 결과라고 믿고 싶은 사람은 별로 없을 거예요. 지금의 자신이 미치도록 만족스러운 사람은 별로 없거든요. 그러니 과정이라고 믿어요. 지금이 만족스러운 사람도 과정이라고 믿어야 겸손할 수 있어요. 지금이 너무 힘든 사람은 과정이라고 믿어야 견딜 수 있어요.

과정인 줄 알면서도 결과라고 말하지 말아요. 그건 자학이에요. 가뜩이나 힘든 자신을 더 괴롭히진 말아요. 나만 이 모양으로 힘들다고 생각하지 말아요.

누구나 힘들죠. 물론 나만큼, 아니 나보다 더 힘든 사람이 많다고 해서 내가 안 힘든 건 아니에요. 힘들다고 말해도 돼요. 자신의 힘듦을 과대평가하거나 상대평가할 필요는 없다는 거예요. 고통은 언제나 절대적인 문제거든요. 내가 누구보다 덜 힘들다고 안 힘든 건 아니니까요. 다만 자신이 힘들 때

잊게 되는 게 있어요. 힘들지 않아야 살 수 있는 건 아니라는 것. 우리는 힘들지 않아야 살 수 있는 게 아니라 힘들면서도 사는 거예요.

네가 앞으로 살아갈 수도 있고 아닐 수도 있다고?
아니, 그거 아닌데?
넌 살 수도 있는 게 아니라 살 거야.

너에게 주어진 삶이
아이스크림 위에 뿌리는 초코 시럽처럼 느껴져?
카푸치노에 추가하는 시나몬 파우더 같아?

그렇게 생각한다면, 분명히 알아 둬. 절대 아니야.

우유아이스크림에서 우유를 뺄 수 없는 것처럼
카페라떼에서 우유를 빼면 라떼가 아닌 것처럼
이 세상에 네가 있는 건 선택의 문제가 아니야.
네가 없으면 세상도 없어.
적어도 널 사랑하는 사람에겐 그래.
살고 죽는 건 선택이 아니야.

살아 있으니 살아 줘.

네가 살아 있는 거, 내가 평생 고마워할게.

그리고 꼭 기억해 줘.

이 세상에서 넌 절대 뺄 수 없는 사람이란 걸.

죽고 싶다는 마음을 공감하고, 계속 위로해도 그 마음을 굽히지 않는 친구에게 제가 써 준 편지예요.

우리는 힘들어하는 친구에게 말할 수 있어요. 힘들지 않아야만 살 수 있는 건 아니라고, 힘들어도 꼭 살아야 한다고. 지나간다는 말이 위로가 되지 않겠지만, 지나가고 나면 함께 웃고 싶다고. 지나갈 때까지 곁에 있겠다고.

그보다 먼저 자신에게 말해 주면 좋겠어요.

"나만 힘든 것 같아 자살각일 수 있지만, 그게 결과는 아니잖아. 누구나 자살각일 때가 있는 거야. 자살각이 또 찾아온 것처럼 살자각도 또 찾아올 거야. 이번 자살각도 잘 지나가 보자. 저 너머에 살자각이 분명히 기다리고 있으니까."

예수님의 죽음이 결과였나요?

일반 강의에서도 저는 가끔 예수님을 소개해요. 사실 일반 강의는 종교성을 띠면 안 되거든요. 그래서 제가 좋아하는 위대한 인물이라고 소개하죠. 예수님은 위인전집에도 나오는 분, 맞잖아요.

"제가 가장 좋아하는 위인은 예수라는 분이에요."

이렇게 말하고 사진 한 장을 화면에 띄워요. 예수님이 십자가에 못 박혀 의식을 잃은 모습이에요. 몸은 축 처져 있고 온통 피로 물들어 있어요. 고개는 떨궈져 있고요. 예수님의 생애를 다룬 영화의 한 장면이에요. 누가 봐도 이미 죽은 것 같은 모습이죠. 저는 청중에게 물어요.

"우리는 지금 과정과 결과에 대한 이야기를 하고 있어요. 이 사진에서 예수가 겪고 있는 이 일은 결과일까요, 과정일까요?"

그럼 청중은 입을 모아 이야기해요.

"결과요!"

"당연히 결과죠!"

왜 그렇게 생각하느냐고 물으면 이런 대답이 돌아와요.

"죽었잖아요!"

"이미 죽은 것 같으니까요!"

그럼 크리스천들에게 물으면 어떨까요? 그들도 이 장면을 결과라고 말할까요? 아니요. 다르게 대답해요.

"과정이에요!"

"당연히 과정이죠!"

왜 이렇게 대답할까요? 이미 물과 피를 다 흘리고 죽은 예수님의 모습을 보고 말이에요. 알기 때문이죠. 예수님이 죽은 지 3일 만에 부활한다는 걸요. 지금도 세상의 가장 낮은 자리에서 소외된 이웃들과 함께 살아 계시다고 믿기 때문이에요.

저는 청년들에게 강의할 때 "나는 예수를 스타벅스에서 만나지 않았다"고 얘기해요. 언제 어디서나 함께하는 분이니 스타벅스에도 계시겠지만, 저는 동네 후미진 골목에 있는 놀이터에서 그분을 만났어요. 그곳에서 담배 피우는 아이들을 애잔한 눈빛으로 바라보며, 그들을 있는 모습 그대로 사랑하며, 그들과 함께하시는 분이 예수님이라고 믿었어요.

그래서 그 아이들과 함께 있고 싶었어요. 더 정확히는 그 아이들과 함께하는 예수님과 동행하고 싶었어요. 그래서 아이들을 만나기 시작했고, 지금도 그렇게 살고 있어요. 그러니 누군가 저에게 예수님이 십자가에 못 박혀 죽은 사진을 내밀며 그게 결과라고 말한다면, 저는 당당하게 아니라고 하겠죠.

"아니요. 그건 분명 과정입니다."

그래요, 저도 과정이라고 믿어요. 예수님을 믿지 않는 사람들은 선명한 결과라고 할지라도 예수님을 믿는 사람들은 선명한 믿음을 갖고 있으니까요. 물과 피를 다 흘리고 죽은 예수님이 부활하지 않으셨다면, 지금 우리와 함께하지 않으신다면, 그날 죽은 예수님은 결과겠죠. 하지만 아니니까, 그게 아니라는 걸 알고 믿으니까 당연히 과정이라고 이야기할 수 있어요.

그런데 왜 우리는 우리의 아픔을 과정이라고 이야기하지는 않을까요? 우리의 아픔이 아무리 짙어도 그날 예수님이 겪은 아픔보다는 덜잖아요. 우리가 아무리 아파도 그날의 예수님보다 더 아프지는 않잖아요. 그런데 왜 우리는 그날의 예수님을 과정이라고 말하면서, 그보다 훨씬 옅고 적은 우리의 고통은 결과라고 말할까요?

우리가 아무리 아파도 십자가에 못 박히는 것만큼은 아닐 거예요. 예수님을 때리는 채찍에 동물의 뼈가 박혀 있었다죠. 한 번 때릴 때마다 채찍에 박힌 뼛조각이 살을 파고들었을 거예요. 못이 박힌 자리는 손바닥이 아니었다고 해요. 못에 박혀 몸이 축 처져도 떨어지지 않게 손목에 못을 박았다죠. 얼마나 아프셨을까, 천 번을 생각해 봐도 절대 가늠할 수 없을 만큼, 아팠다는 말을 만 번 적어도 부족할 만큼 아프셨을 거예요.

우리가 아무리 아프다고 해도 그만큼일 수 있을까요? 그러니 그 고통을 과정이라고 말할 수 있는 우리라면, 우리의 고통 또한 과정이라고 말할 수 있어야 하지 않을까요?

저는요, 예수님이 나를 위해 못 박히셨다는 걸 처음으로 믿게 된 순간이 있었어요. 그 순간 이후로 한 3주는 거의 매일 울었던 것 같아요. 문득문득 예수님이 십자가에 못 박히는 장면이 떠올라서 울었어요. 처음에는 얼마나 아프셨을까 하는 생각 때문에 울었어요. 나 때문에 아프셨다는 것이 너무 죄송하고 안타까웠어요.

시간이 지나면서는 그뿐만 아니라 다른 지점이 떠올라서 울었어요. 못 박히는 아픔 전에 겪었을 괴로움이 떠올랐거든요. 예수님이 못에 박히기 전, 못이 그분에게 다가가는 장면이요. 물과 피를 다 흘리고 죽음에 이른 고통이야 이루 말할 수 없겠지만, 못이 자신을 박으려고 다가오는 순간에 겪은 괴로움도 너무 컸겠다는 생각이 든 거예요. 자신을 박으려고 다가오는 못을 보면서 얼마나 괴로웠을까요?

그 괴로움이 떠오르니 또 눈물이 났어요. 그리고 조금 생뚱맞은 생각 하나가 툭 떠올랐어요.

'못은 예수님에게 정말 익숙한 도구였겠구나.'

예수님의 아버지가 목수였잖아요. 꼬마 예수는 아버지가 작업하는 현장에 놀러가기도 했겠죠. 아버지가 나무에 못을 박아 무언가 만드는 장면을 보며 "아버지, 그건 뭘 만드는 거예요?"라고 묻기도 했을 거예요. 때론 아버지가 실수로 못에 찔리는 모습을 보았을 수도 있어요. 아버지가 잠시 자리를 비운 사이, 몰래 나무에 못 박는 걸 따라 하다가 찔렸을 수도 있고, 무엇보다 나무에 못이 박히는 장면은 수도 없이 보았을 거예요. 그런 못이 자신을 박으러 다가오는 거예요.

그 시간이 얼마나 무섭고 두려웠을까요? 저는 그 장면을 상상하며 너무 마음이 아팠어요. 자연스레 쪽가위가 떠올랐죠. 저에게 쪽가위는 예수님에게 못처럼 흔하게 접하는 도구였거든요.

앞에서 말했듯이 저의 엄마는 남대문 시장에서 옷가게를 했어요. 지금은 중국이나 동남아시아의 공장에서 옷을 만들어 들여오는 경우가 더 많지만, 엄마가 옷가게를 했을 때는 한국에서 직접 만들어서 판매했어요. 우리집은 주택 1층이었는데 지하에 옷을 만드는 공장이 있었어요. 저랑 제 여동생은 학교에 갔다 오면 공장으로 내려가 아르바이트를 했어요. 엄마는 해가 질 때까지 일을 시키고 떡볶이 한 접시를 사 줬어요. 지금 생각하면 노동 착취지만 그때는 떡볶이가 너무 먹고 싶어서 정말 열심히 일했죠.

공장에 내려가면 공장 직원들이 웃으며 우리를 맞아 주었어요. 저는 공장 직원들을 '이모'나 '삼촌'이라고 불렀고, 이모나 삼촌은 저를 '시다'라고 불렀죠. ('시다'는 일을 거들어 주는 사람이란 뜻으로 '시다바리'라는 일본어의 줄임말이에요. 그때는 그런 말을 많이 썼어요.)

"우리 시다, 왔구나."

"네, 시다 왔어요. 오늘은 뭐해요?"

제가 물으면 이모나 삼촌이 쪽가위랑 라벨을 줬어요. 옷 뒷

면의 안쪽에 보면 브랜드나 가게 이름이 적혀 있는 라벨이 있잖아요. 그게 처음에 그렇게 옷 하나에 붙일 수 있게 나오지 않아요. 길게 돌돌 말려 나오는데, 그걸 옷에 붙일 수 있게 쪽가위로 자르는 거예요.

그게 저와 여동생의 주업무였어요. 또 다른 업무는 실밥을 자르는 거였어요. 옷을 미싱(재봉틀)으로 드르륵 박고 나면 실밥이 튀어나와 있는 경우가 많거든요. 그걸 자르는 거죠. 라벨을 자르든, 실밥을 자르든 쪽가위는 꼭 필요한 도구예요.

저와 여동생은 쪽가위를 들고 일을 시작했어요. 그런데 이 쪽가위가 힘을 좀 주어야 움직여요. 일반 가위처럼 슥슥 잘리지 않고 압력이 들어가야 잘리거든요. 어린이들이 자르기에 쉽지 않았죠. 잘못 힘을 주어 손가락을 잘 베이기도 했어요.

쪽가위에 손가락을 처음 베인 날, 저는 많이 울었어요. 종이에 베이듯 실금만 갔는데도 너무 아프더라고요. 다음날, 다시 쪽가위를 잡으려니 두려움이 확 밀려왔어요. 떡볶이를 먹기 위해선 쪽가위를 잡아야 하는데, 그래서 다시 잡긴 했는데, 손가락을 베어 봤으니 또 베일까 봐 너무 두려운 거예요. 아파 보면 얼마나 아픈지 알잖아요. 다음에 그 아픔을 또 겪게 될까 봐 두렵기도 하잖아요.

제가 처음 쪽가위에 베인 다음날, 제 여동생도 덩달아 쪽가위를 조심스레 다뤘어요. 제가 베인 걸 보고 조심하려고요. 그러다가 너무 긴장한 나머지 동생도 손을 베이고 말았어요. 우습게도 제가 먼저 울었어요.

왜요? 아파 봤으니까요. 얼마나 아픈지 아니까요. 아픔은 그런 거잖아요. 같은 아픔을 가진 사람을 보면 같이 아픈 거, 같이 아파하며 위로할 수 있는 거, 내가 겪은 아픔을 내가 사랑하는 사람들은 겪지 않았으면 좋겠는 거, 그런 거잖아요. 아파 보지 않은 사람은 절대 알 수 없는 경험치가 있잖아요.

"이모, 빨리 치료해 주세요. 이거 진짜 아파요."

제 말에 공장 이모가 얼른 소독약과 반창고를 가져와 치료를 해주었죠.

저는 지금도 단추를 달거나 바느질할 때 실을 자르려고 쪽가위를 꺼낼 때면 깜짝깜짝 놀라요. 하도 많이 베어 봐서 아직도 쪽가위를 잡으면 살짝 소름이 끼치곤 해요.

그래서 예수님에게 다가온 못을 떠올리니 쪽가위가 함께 떠올랐나 봐요. 늘 보았고, 베이면 얼마나 아픈지 알고, 지금도 잡으면 살짝 소름이 끼치는 쪽가위가 예수님에겐 못이었을 것 같아요. 언제나 보았고, 찔리면 얼마나 아픈지 알고, 무엇보다 나무에 못이 어떻게 박히는지 많이 보았잖아요.

그 못이 자신을 박으려고 다가오는 거예요. 차라리 모르는 도구였다면 조금 나았을지도 몰라요. 그게 얼마나 뾰족한지, 얼마나 아프게 할 수 있는지 모르니까요. 그런데 너무 잘 알잖아요. 그런 못이 다가오는 순간, 얼마나 두려웠을까요?

저 같으면 못 견뎠을 거예요. 얼른 내려달라고 소리쳤겠죠. 인간으로 태어났지만 신의 능력도 있으니 땅으로 꺼지거나 하늘로 솟을 수 있지 않았을까요? 어떻게든 그 순간을 피할 수 있지 않았을까요?

그런데 안 그러셨대요. 그냥 견디셨대요. 나 때문에, 우리 때문에, 우리의 죄 때문에 말이에요. 그 생각을 하니 마음이 무너져 내렸어요. 너무 죄송해서 어쩔 줄 모르겠더라고요. 그래서 참 많이 울었어요.

그런데요, 물과 피를 흘린 고통이 과정이었던 것처럼 못이 다가오는 순간도 과정이었어요. 동물 뼈가 박힌 채찍으로 맞고, 익숙한 못에 박히고, 물과 피를 다 흘리고, 심지어 죽은 것까지 모두 과정이었어요. 세상 사람들은 그게 어떻게 과정이냐고 따져 물어도, 아무도 믿지 않아도, 크리스천이라면 과정이라고 고백할 수 있죠.

그렇다면 우리의 고통 또한 과정이라고 고백할 수 있어야 해요. 우리가 아무리 고통당한다고 해도 우리를 박으려고 못이 다가오고, 실제로 몸에 못이 박히는 고통을 넘진 않을 테니까요.

아무리 그렇다고 해도 자신의 고통만은 결과인 것 같나요? 우리의 고통은 이유가 있을 거라고 생각하면서도, 그걸 보고 계시는 예수님이 더 괴로우실 거라고 믿으면서도, 예수님이 자신이 겪은 고통보다 더한 고통을 내게 주실 리 없다고 믿으면서도, 분명히 견딜 수 있는 고통일 거라고, 심지어 연단이라고 말하면서도, 자신이 영원히 고통 중에 머물러 있을 것만 같나요? 십자가에 못 박혀 죽으신 예수님이 살아나셨음을 믿고, 지금도 우리 사회의 가장 낮은 곳에서 함께하신다고 믿고, 심지어 우리와 함께하고 계신다고 믿으면서도 그런가요?

저는요, 우리가 먼저 지금 우리의 삶을, 그 안의 고통과 어려움을 과정이라고 믿고 고백할 수 있으면 좋겠어요.

그래도 결과 같으세요?

상담을 하다 보면 아무리 말씀드려도 자신의 뜻을 굽히지 않는 분이 있어요. 제가 들려 드리는 모든 사례, 모든 사연 속의 사람들이 과정에 있다는 걸 인정해도 자신의 삶만큼은 아니라고, 그것만큼은 양보가 안 된다는 분들이 적지 않죠. 그분들은 이렇게 말해요.

"내 경우가 제일 심해요. 나는 결과일 수밖에 없어요."

"나도 다른 사람에겐 과정이라고 이야기할 수 있어요. 하지만 나는 아닌 것 같아요."

여전히 자신의 지금이 결과인 것만 같다면, 이제 이 친구의 이야기를 들려 드리고 싶어요.

이 친구는 힘든 청소년기를 보냈어요. 엄마와 형은 집을 나간 지 오래되었고, 아버지와 둘이 살고 있었죠. 아버지는 술을 벗 삼아 지내는 분이었어요. 아이는 자기 삶이 지금 당장 끝난다 해도 아무런 감정이 일어나지 않을 것 같았어요. 이보다 더 나쁜 일은 일어날 수 없다고 생각했기 때문이에요. 그런데 삶은 참 재밌어요. 아무것도 할 수 없을 것 같던 삶에 하고 싶은 일이 하나 심겼죠.

그건 춤이었어요. 아이는 춤을 추고 싶어졌죠. 댄스 동아리에 들어갔어요. 미친 듯이 춤을 추었죠. 춤출 때만큼은 살아 있는 것 같았어요. 춤추는 순간만은 '아무것도 할 수 없는 나'는 사라지고, '춤 잘 추는 나'만 있었어요. 춤만이 아이에게 살아갈 이유가 되어 주었어요.

어느 날 그 이유가 사라졌어요. 허리를 다친 거예요. 의사는 다시 춤을 추면 안 된다고 했어요. 아이는 행복한 꿈을 꾸다 깬 것처럼 현실로 돌아왔어요. 그곳엔 다시 '아무것도 할 수 없는 나'만 있었어요. 가장 힘든 건 주위 사람들의 시선이었어요. 자신을 불쌍하게 보는 눈빛, 측은하게 바라보는 시선이 너무 싫었어요.

그 시선들을 없애려면 세져야 한다고 생각했죠. 그래서 자기 눈에 세 보이는 형들과 어울리기 시작했어요. 놀이터에서 담배 피고, 침 뱉고, 사람들이 지나가면 노려보고……. 그것이 센 거라 생각하고 그렇게 살았어요.

어느새 자신을 불쌍하게 바라보던 시선들이 사라졌고, 아이는 그거면 됐다고 생각했어요. 하루는 친구가 교회에 가자고 했어요.

"저기 보이는 교회에서 새친구 축제? 뭐 그런 거 한다는데 갈래?"

"교회? 거긴 우리가 갈 곳은 아닌 거 같은데."

"맛있는 거 많이 준대."

"진짜? 그럼 한번 가볼까?"

전문 용어로 '먹튀'라고 해요. 먹튀는 먹고 튀는 행동이나 사람을 일컫는 말이에요. 처음에는 그야말로 먹튀를 하러 교회에 갔어요. 막상 가 보니 교회 안의 사람들이 좀 이상했어요. 별로 부자 같지 않고 자신과 특별히 다른 점도 없는 것 같은데 이상하게 밝았어요. 입구에서부터 해처럼 환한 웃음으로 맞이하더니 내내 웃는 모습이지 뭐예요.

'뭐지? 미쳤나? 왜 저렇게 웃지?'

그 친구의 생각에 사는 건 그리 행복한 일이 아닌데 '설마 이 사람들 행복한 거야?' 싶었대요. 행사가 끝날 때까지 이상한 사람들을 관찰하며, 도무지 이유 모를 웃음을 흘깃거리며,

맛있는 음식을 먹고 나왔죠. 먹고 튀었으니 목적은 달성했어요. 그런데 며칠 후 이상하게 그 교회 사람들 생각이 났어요. 같이 갔던 친구에게 물었어요.

"다시 한번 가 볼까?"

"아니, 나는 가기 싫어."

친구는 원하지 않았고 혼자 갈까 했지만 용기가 나지 않았어요. 교회에서 본 사람들이 가끔 떠오르기도 하고, 교회 앞을 지날 때면 멈칫하기도 했죠. 하지만 다시 가진 않았어요. 몇 번 고민하다 잊어 버렸죠.

달라진 건 없었어요. 아이는 여전히 놀이터 한구석에 앉아 담배 피고, 침 뱉고, 비슷한 친구들과 어울려 다니며 술을 마셨어요. 꿈은 없었어요. 아니, 하고 싶은 것이 없었어요. 가끔 뭘 하고 살지 막막하긴 했지만 잠시 스쳐가는 불안일 뿐이었어요. 깊이 생각하지 않으려 했어요. 어차피 춤꾼은 될 수 없으니 더 이상 자신을 살아 있게 만드는 그 무엇도 존재하지 않았죠.

하루하루가 지났어요. 삶은 그저 시간을 때우는 일에 불과했죠. 잠시 연극에 관심이 생기긴 했어요. 친구가 연극을 보여준다고 해서 태어나서 처음으로 연극이란 걸 보았거든요. 춤은 아니지만 춤 같았어요. 격렬한 춤은 못 춰도 무대 위에서 저 정도는 움직일 수 있겠다고 생각했죠. 막연히 '춤출 때처럼 무대에 설 수 있다면 저걸 해볼까?' 하는 생각이 들었어요.

그 생각으로 극단에 들어갔어요. 청소부터 시작했죠. 연극을 공짜로 봤어요. 그런데 가슴이 뛰지 않았어요. 무대가 비어 있는 시간에 무대 위에서 대사를 연습해 보기도 하고, 배우들의 동작을 흉내내 보기도 했지만 재미가 없었어요. 춤출 때처럼 심장이 빠르게 뛰지도 않았어요. 그저 아르바이트를 하는 것 같은 마음이었죠.

얼마 후 길을 지나가다가 교회에 걸린 현수막을 보게 되었어요. 현수막에는 전 교인 이웃초청 잔치를 한다고 써 있었죠. 그 전에 갔던 건 청년부 주관 행사였거든요. 전 교인이면 사람들이 더 많이 와서 뻘쭘하지 않을 것 같았어요. 그래서 다시 한번 교회라는 곳을 갔어요. 전 교인 대상이라 그런지 규모부터 달랐어요. 사람들이 정말 많았는데, 그 많은 사람들이 다 이상했어요. 다 웃고 있었거든요.

무대에서 예수님의 부활을 다루는 뮤지컬이 시작됐어요. 어, 그런데 심장이 빠르게 뛰는 거예요. 설렐 일 없이 무료한 매일매일이었는데, 무대를 수없이 보면서도 가져 보지 못한 느낌이었는데, 이상하게 심장이 정신없이 뛰는 걸 느꼈어요.

좋아하는 이성 친구가 날 좋아한다고 말하는 순간처럼 설렜어요.

'이게 뭐지? 왜 신나지? 왜 설레지?'

무대가 끝날 때까지 이유 모를 설렘을 느꼈어요. 그 다음 순서도 있었는데 아무것도 눈에 들어오지 않았어요.

'저렇게 재미있는 거라면 나도 할 수 있을까? 춤출 때처럼 신나게 할 수 있을 것 같아. 나도 한번 해보고 싶다.'

이런 생각만 들었어요. 집에 와서 잠자리에 들면서도, 아침에 일어나면서도 그 생각이 났죠. 극단에 출근해서도 그 생각만 났어요.

"무슨 생각을 그렇게 하냐?"

친구가 물었어요. 그는 극단에 들어가서 유일하게 사귄 친구였어요. 친구에게 어제 보았던 뮤지컬 이야기를 했죠.

"그럼 그런 뮤지컬 하는 데 가서 시작해."

친구는 아주 쉬운 일처럼 말했어요. '지금 편의점 가서 라면 먹자'라고 말하는 것처럼요.

"왜 그렇게 쉬운 일처럼 말해?"

"내가 그런 뮤지컬 하는 크리스천 극단 알아. 소개해 줄게."

얼마 후, 친구는 정말 크리스천 뮤지컬을 하는 극단을 소개해 줬어요. 아주 많이 떨면서 면접을 보러 갔죠. 극단 대표가 물었어요.

"크리스천 뮤지컬을 하고 싶다고요?"

"네."

"연극을 전공했어요?"

"아니요. 전공은 아닌데…… 전공 아니면 못해요?"

"아니요. 할 수 있어요. 그런데 극단에 와서 걸레질부터 시작해야 돼요."

"걸레질이요? 저 청소 잘해요. 잘할 수 있어요."

"그럼 나와요."

얼마나 기뻤는지 몰라요. 원래 다니던 극단에서 나와 크리스천 극단에 들어갔어요. 면접 볼 때 들었던 것처럼 걸레질을 시작했어요. 대걸레를 들고 열심히 청소하고 나서 밖에 나가 담배를 피우고 들어오면 공연이 시작되었죠. 공연을 보면 심장이 다시 뛰었어요. 너무 좋았어요. 공연이 끝나면 정리를 하고, 다음날 또 출근해서 걸레질을 했어요. 또 나가서 담배를 피우고 오면 공연이 시작되었죠. 공연은 아무리 봐도 똑같이 설렜어요.

6개월쯤 그 시간을 반복하면서 걸레질이 빨라졌어요. 담배를 피우고 들어올 때면 공연이 시작되었는데, 이제 시작 전에 들어왔어요. 괜히 뻘쭘하고 뭐하고 있어야 할지 몰라 관객석에 슬그머니 앉았어요.

배우들이 무대 옆에 동그랗게 섰어요. 공연 전이면 항상 다 같이 기도를 했는데, 이 친구가 일찍 들어간 것이 처음이라 그 장면을 처음 보게 된 거예요. 기도를 막 시작하려는데, 주연 배우가 그를 발견하고 불렀어요.

"재진아, 이리 와. 너도 이제 같이 기도하자."

"네? 아, 그건 좀……"

"왜? 우리, 교회에서 만났잖아."

"그렇긴 한데 그건 좀 어색해요."

"이게 걸레질 다음 단계인데?"

"그래요? 네, 갈게요."

극단의 형, 누나들과 동그랗게 서서 손을 잡았어요. 눈을 질끈 감았죠. 부끄럽기도 하고 어색했지만 레벨업 된 것 같아 기분은 좋았어요. 형, 누나들은 기도를 시작했죠. 그런데 기도 중에 자신의 이름이 자꾸 나오는 거예요.

"자신이 얼마나 사랑받기 위해 태어난 사람인지 우리 재진이가 알게 해주세요."

"재진이를 축복해 주시고 사랑해 주시는 하나님……"

"우리 극단에 재진이를 보내 주셔서 감사합니다."

"재진이가 얼마나 하나님이 사랑하는 사람인지 알기를 바라고……"

나중에 알고 보니 주연배우 형이 기도하기 전에, "오늘은 재진이를 위해 기도하자"고 팀원들에게 살짝 전달을 해둔 거였어요. 이 친구는 기도를 듣다가 마음이 울렁였어요. 울컥 눈물이 나올 것 같았지만 울면 너무 창피할 것 같아 꾹 참았죠. 그런데 눈물은 참다가 터지면 더 웃긴 거 아시죠? 끄억, 하는 소리와 함께 도저히 참을 수 없는 상태에서 눈물이 터져 버렸어요. 엉엉 소리를 내며 울어 버렸죠.

기도가 끝나고 분장실로 들어갔어요. 그날은 공연을 볼 수 없었어요. 계속 눈물이 날 것 같았거든요. 정말 연극이 끝날 때까지 울었어요. 공연이 끝나고, 주연배우 형이 분장실로 들어왔어요. 왜 눈물이 이렇게 나는지 모르겠다고 말하자 형은 꽉 안아 주며 말했어요.

"하나님이 널 사랑하신다는 걸 이제 느끼게 된 거야."

그 말을 듣자 또 울컥 눈물이 쏟아졌죠.

얼마 후, 이 친구는 단역을 맡게 되었어요. 무대에 올랐을 때 가슴이 정말 터질 것 같았죠. 공연을 보는 설렘도 컸는데, 공연을 하는 설렘은 감당할 수 없을 정도였어요. 작은 배역은 있어도 작은 배우는 없다는 말을 믿었어요. 배역이 작아도 자신이 작다고 생각하진 않았죠. 정말 열심히 연기를 했어요.

매번 오디션에 붙는 건 아니지만 매번 붙을 것처럼 열심히 오디션을 봤어요. 포기해야 할 것 같은 순간도 있었지만 그런 순간이면 기회도 같이 찾아왔어요. 여러 작품을 할 수 있었고 주연의 기회도 왔죠. 연극뿐 아니라 단편영화나 독립영화에도 출연할 수 있었어요. 2018년에는 기독교 단편영화제의 연기상을 수상하기도 한, 이 배우의 이름은 정재진이에요.

재진이는 청소년 때 만난 친구는 아니에요. 연극을 준비하다가 작가에게 자문을 구할 일이 있다고 친한 동생을 통해 부탁을 받았죠. 그렇게 만나서 상담으로 이어지고, 지금은 친한 동생이 되었어요. 한동안 교회학교 교사도 같이 했는데, 참 힘이 되는 동료 교사였어요. 자신의 청소년 때와 비슷한 아픔을 겪은 청소년들을 잘 이해하니 말도 통하고요. 저는 여자 선생님이라 간혹 남자 청소년들의 마음이 잘 이해되지 않을 때 많은 도움을 받았어요.

'그저 과정일 뿐이에요'라는 강의를 만들 때였어요. 저는 강의를 새로 만들 때 시간이 참 오래 걸려요. PPT 안에 자료 사진을 넣었다 뺐다 하고 예화 바꾸기를 수차례 하죠. 1년이 넘게 걸린 적도 있어요. 한번 만들면 오랫동안 많은 횟수의 강의를 하니 정성을 들이는 게 맞지만, 묵상하고 준비하는 시간이 하도 길어지니 강사로서 소질이 없구나 싶기도 해요.

제가 청소년들에게 그러거든요. 너희에게 강의하는 게 제일 좋은데, 강의 준비하는 게 제일 힘들다고요. 정말 그런 것 같아요. 제가 이 강의를 준비하고 고민하는 중에 이 친구가 사진을 한 장 보여 줬어요. 이런저런 옛날 이야기를 하다가 우연히 보여 준 사진이에요.

"이게 제가 스무 살 때 사진이에요."

저는 그 사진을 본 순간 알았어요. 그 사진이 이 강의에 딱 맞는 자료라는 걸요. 사진 속의 인물은 지금 모습과 180도, 아니 300도 달랐어요. 이 사진 속 주인공이 하나님을 믿고, 선량하게 잘 살고 있고, 직업도 있다고 하면 아무도 안 믿을 것 같았거든요. 이 사진은 분명히 말하고 있었어요. 지금은 결과가 아니라 과정이라는 것을.

"내 강의 때 이 사진 좀 쓸게. 대신에 만날 때마다 밥 사줄게. 초상권 퉁치자."

"좋아요!"

저는 밥이랑 초상권을 바꿨죠. 이미 진심의 관계였기에 비교적 쉽게 초상권을 양도받았는데, 그 사진을 두고두고 쓰게 될 줄은 몰랐어요. 헐값에 산 건 아니지만, 그 후로도 수차례 밥을 샀고 앞으로도 사겠지만, 그 당시 아이들 표현으로 '개이득'이라고 생각했어요.

강의나 상담 때 그 사진을 보며 위로받은 수많은 사람들을 생각하면 정말 개이득이었어요. 요즘의 우리는 듣는 것보다 보는 것에 익숙해서 더 확실하게 반응하거든요. 그저 과정일 뿐이라는 이야기를 들으면서도 '정말 그럴까' 생각하다가도 이 친구의 비포 앤 애프터 사진을 보여 주면, 그제야 정말 지금이 과정일 뿐이라는 걸 믿는 사람들이 많았어요. 개이득을 넘어 '은혜'가 되었죠.

청소년들에게 이 친구의 스무 살 적 사진을 보여 주고 "지금 이 친구는 무얼 하고 있을까요?"라고 물으면 한결같이 대답해요.

"양아치요!"

"깡패요!"

그리고 지금의 사진을 보여 주면 다른 사람이냐고, 성형수술 했느냐고 물어요. 성형수술을 전혀 하지 않았다고 말하면 깜짝 놀라죠. 정말 딴 사람 같거든요. 스무 살 때 사진은 누가 봐도 무서운데, 지금 사진은 아무리 봐도 선량해요.

그런데 이 친구의 사진만 그렇게 은혜일까요? 가끔 SNS에 뜨는 본인의 5년 전 사진을 보고도 깜짝 놀라지 않으세요?

저는 정말 깜짝 놀라서 누가 볼까 봐 얼른 '나만 보기'로 바꿔 놓아요. 정말 그렇게 열심히 구워진 오징어가 저라니 믿을 수가 없거든요. 그 사진을 보고 지금 사진을 보면 '은혜가 따로 있나, 이게 은혜이지' 싶어요.

여러분도 그렇지 않나요? 지금 모습을 보면 정말 은혜이지 않아요? 사진을 보정하는 어플이 워낙 발달하긴 했지만, 지금의 실제 모습도 꽤 은혜가 되지 않나요? 옛날엔 정말 바싹 구워진 오징어였는데, 지금은 그래도 좀 덜 구워지지 않았어요? 꽤 사람에 가깝지 않아요?

지금 예배를 드리고 있는 자신을 보세요. 그렇게 말썽을 부렸는데 지금까지 예배의 자리를 지키고 있다니 놀랍지 않아요?

부모님들이 자녀들을 혼낼 때 "엄마는 안 그랬어", "아빠는 안 그랬다" 하지만 누구보다 부모님 자신이 잘 아시잖아요. 사실 더 그랬다는 걸.

다른 사람이 아닌 자신의 과거만 떠올려도 우리는 알 수 있어요. 정말 그 시절, 열심히 구워지던 그날들은 과정이었잖아요.

많이 울던 그날에는, 세상의 끝날 같던 그날에는, 정말 다 끝난 줄로만 알았던 그날에는 결과인 줄로만 알았던 삶이 그걸로 끝나지 않고 지금까지 이어졌고, 무언가는 시작되었고, 무언가는 중간에 왔다는 걸요. 끝날 때까지 끝나지 않은 그 시간들을 돌아보면 다 지금으로 이어지는 하나의 길이고 과정이잖아요.

커다란 벽이 가로막고 있는 것만 같은 지금도 그래요. 지금의 우리도 결과일 수 없어요. 지금은 잠시 멈춰 있지만 우리는 걸어갈 것이고, 걸어가다가도 잠시 쉴 것이고, 마침표가 쉼표로 바뀌는 무수한 순간들을 경험할 거예요. 지금까지 그래왔던 것처럼.

눈앞에 벽이 가로막고 있으면 다시 시작할 수 없을 것 같지만, 사실 벽은 뛰어넘는 데만 사용되지 않아요. 우리는 벽에 기대어 잠을 청할 수도 있어요. 책을 읽을 수도, 멍 때리며 쉴 수도 있어요.

조금 오래 걸리긴 하지만 벽에 문을 뚫는 방법도 있어요.

발길을 돌리면 큰일날 것 같았지만, 걸어갈 때는 보지 못했던 길이 걸어오니까 보이기도 하죠. 같은 길을 두 번 걸어도 같은 길은 아니에요. 갈 때 보지 못했던 꽃들을 올 때 발견하게 될 수도 있으니까요.

때론 벽을 냅다 뛰어넘을 힘도 생기죠. 때론 벽 위에서 줄이 내려와 힘을 내서 올라갈 수도 있을 거고요.

우리 삶에서 마침표란 아직도 한참 가야 발견할 수 있는 것임을 많은 쉼표들이 말해 주었고, 지금도 말하고 있어요.

그러니 이제 믿어 주세요.

지금은 그저 과정일 뿐이라는 걸.

2부

지금이 맛있어지는 요리를 만들어요

과정이라는 냄비를 꺼내요

우리의 지금이 과정이라는 이야기는 앞에서 많이 했어요. 그거 하나는 잊지 않기로 해요.

이젠 요리를 해볼 거예요. 이제 겨우 냄비 하나 준비된 거예요. 냄비 이름이 '과정'이거든요.

그 냄비에 요리를 할 거예요. 간단한 레시피를 알려 드릴 텐데, 그냥 읽고 지나치지 말고 진짜 요리를 하는 것처럼 머릿속에서 시뮬레이션을 해보는 거예요.

레시피를 알면 요리를 쉽게 할 수 있을 것 같지만 실전은 그렇지 않은 거 아시죠? 실전은 언제나 쉬운 법이 없어요. 하지만 한번 해보면 성취감도 느끼고 해볼 용기도 생길 거예요.

무엇보다 맛있게 먹을 수 있으니 기쁘죠.

먼저, 준비된 냄비를 꺼내 놓으세요. 혹시 냄비 모양이 마음에 들지 않나요? 생각보다 작은가요?

그럴 수 있어요. 우리는 저마다 다른 냄비를 가지고 있거든요. 이 냄비는 하나님이 만들어 우리에게 하나씩 주신 것이기 때문에 이름은 같지만 모양은 제각각 달라요.

다르지만 틀린 건 아니니 두려워하진 말아요. 내 냄비만 작아 보이고 찌그러져 보일 수 있지만 그건 착시현상이에요. 각자에게 딱 맞는 냄비가 주어졌으니 자신 있게 냄비를 꺼내시면 돼요.

이제 본격적으로 요리를 시작할게요.

육수는 자존감이에요

제가 크리스천이어서 그럴까요? 크리스천 청소년이나 청년이 자존감이 바닥나서 상담을 오면 마음이 더 아파요. 하나님이 우리를 있는 모습 그대로 사랑하고, 우리가 어떤 모습이든 함께하신다는 걸 믿는데, 자신이 싫고 자존감이 없다고 하니 마음이 아플 수밖에요.

신앙이 없는 친구들에겐 얘기할 수 있어요. 내가 믿는 하나님이 나를 있는 모습 그대로 사랑하고, 어떤 모습이든 함께한다는 것이 나의 자존감이라고요. 너도 그런 자존감을 가질 수 있으면 좋겠다고요.

그럼 대부분은 제 생각을 존중해 줘요. 신앙이 있는 친구들에게도 똑같이 말하죠. 그런데 반응이 달라요. 그게 무슨 자존감이냐고 되물어요. 그건 자기도 아는데 그게 무슨 자존감이냐고요. 그러니 마음이 아플 수밖에요. 그 믿음이 있는 것 자체가 자존감인데, 믿음은 있는데 자존감은 없다고 하니 이걸 어떻게 설명해야 할지 암담하기도 하고요. 이해되지 않는 건 아니에요. 누구나 자존감이 땅에 떨어져 땅속에 박히는 시간을 경험하며 살잖아요.

저도 그런 시간이 꽤 많았고, 가장 심했던 건 작가 데뷔를 할 무렵이었어요. 저는 소설을 전공했지만 일찍 결혼하고 아기를 낳느라 글은 쓰지 못하고 있었어요. 고등학교 때 시집을 출간하고 문학상도 타는 등 나름대로 문학 특기생이었지만 그건 그야말로 '왕년의 나'일 뿐이었죠. '라떼는 말이야' 같은 것이요.

현실은 좁은 셋방에서 일회용 아기 기저귀 살 돈이 없어 천기저귀를 쓰는, 살길이 막막한 아줌마일 뿐이었죠. 다시 글을 쓰고 싶다는 생각이 문득문득 저를 괴롭혔지만 그 괴로움을 받아 주기엔 현실이 너무 괴로웠어요. 그래도 글을 쓰고 싶다는 생각은 끊임없이 올라왔고, 한 기업 신문사에서 일하는 선배에게 전화를 걸어서 물었죠.

"선배, 나에게 재능이라는 게 있긴 할까?"

"그거 고민할 시간이 아깝지 않냐? 그냥 써. 어차피 안 쓰고는 살 수 없을 거잖아."

그야말로 우문현답이었죠. 자신감이 있든지 없든지 다시 해보자고 생각했어요. 자신감 없어도 하는 사람은 하고, 자신감 있어도 안 하는 사람은 안 하는 거니까요. 하지만 그렇게 솟아난 힘은 오래가지 않았어요. 열심히 글을 써도 내 글이 책으로 나올 수 있을까, 내가 작가라는 이름표를 달 수 있을까 하는 고민이 다시 저를 괴롭혔거든요.

어느 날, 또 다른 선배에게 전화가 왔죠.

"너, 태교 동화? 뭐 그런 거 써 놨다고 했지?"

저는 배 속에 아기가 있을 때 깊은 우울에 빠져 있었어요. 인생에 답도 없는데 아기씩이나 책임져야 한다니 암담하기만 했어요. 매일 울다가 배 속 아기가 엉엉 우는 꿈을 꾸었어요. 깨고 나니 아기에게 너무 미안해지더라고요. 나 때문에 더 울게 하면 안 되겠다는 생각이 들었어요. 나야 내 마음대로 울기라도 하고 싶어서 울지만, 울고 싶지 않은 아기를 울리는 건 너무 나쁘잖아요.

도서관에 가서 태교에 관한 자료를 찾아보니 엄마와 아기의 감정이 연결되어 있다고 나와 있었어요. 아기를 웃게 하려면 제가 웃어야 한다는 건데 저는 도무지 웃음이 나오지 않았어요. 엄마는 울어도 배 속 아기는 웃게 해줄 방법은 어디에도 없었어요. 어떡할까, 너무 답답했지만 누구에게 말할 수도 없었어요. 누군가와 고민을 나누면 제 상황이 알려질 텐데, 그건 또 너무 싫었거든요.

하루는 교회 식구들과 함께 쪽방촌에 도시락을 나눠 주는 봉사를 갔는데 목사님이 저를 보더니 물으셨어요.

"너 표정이 왜 이렇게 우울해 보이니?"

"아, 아니에요. 임신하니까 감정 기복이 심해졌나 봐요."

"그럼 집에서 성경을 읽어 봐."

"성경이…… 태교에 좋아요?"

"성경이 태교에만 좋겠니?"

그렇죠. 성경이 태교에만 좋은 건 아니죠. 목사님의 말씀을 듣고 집에서 처음으로 성경책을 폈어요. 그 전에는 '후탁 교인'이었거든요. 성경책 위에 쌓인 먼지를 입으로 '후~' 불어서 손으로 '탁' 치고 교회에 들고 다니는 교인이요.

성경책을 펴고 창세기 1장부터 읽기 시작했어요. 처음 읽는 것이니 처음부터 끝까지 정독하고 싶었어요. 저는 겁도 없이 이 정도 두께면 한 달 안에 다 읽을 수 있겠다고 생각했죠. 그런데 초반부터 막혔어요. 소설책처럼 술술 읽히는 책이 아니었어요. 지루하고 어렵기도 한데 그보다 아기를 왜 그렇게 많이 낳는지 짜증이 났어요. 계속 누가 누굴 낳고 누가 누굴 낳고…… 정말 TMI(Too Much Information)였죠. 저는 아기 한 명도 낳기 힘든 상황인데 계속 아기 낳는 내용이 나오는 책을 읽고 있으니 짜증이 날 수밖에요.

제가 짜증이 나면 아기도 짜증이 날까 봐 걱정되더라고요. 아기를 웃게 하고 싶었는데 점점 그 마음과 멀어지는 것 같았어요. 어떻게 하지, 고민했어요. 성경을 읽지 말까, 생각도 했어요. 그런데 목사님은 도움이 될 거라고 생각하고 진심으로 해주신 말씀이잖아요. 그 진심에 이유가 있을 거라고 생각했어요. 이유를 알기도 전에 짜증난다고 그만두기는 싫고, 목사님께 죄송하기도 하고요. 계속 고민하다가 박수를 쳤어요. 좋은 생각이 났거든요.

'성경 속 이야기를 재미있게 동화로 쓰자. 그럼 성경도 읽고, 글도 쓰고, 아이도 웃게 할 수 있으니 일석삼조일 거야. 어차피 글은 너무 쓰고 싶고 아기도 웃게 하고 싶으니까 그렇게 해보자.'

기뻤어요. 그렇게 하면 정말 아이를 웃게 할 수 있을 것 같았어요. 동화는 써 본 적 없었지만 어차피 우리 아기한테만 읽어 주는 글이니 기술은 없어도 괜찮았어요. 편하게 최대한

밝고 재미있게 써서 아기를 울게 하지만 말자고 생각했어요.

그래도 창세기를 더 읽는 건 자신이 없었어요. 신약으로 넘어갔죠. 그때 제가 가장 좋아하는 성경 속 장면은 예수님이 돌아가시면서 요한에게 어머니 마리아를 맡기는 대목이었어요. 성경을 처음 읽는데 좋아하는 장면은 있었냐고요? 후탁 교인이어도 설교 때 들어서 기억하는 성경 속 장면은 있어요. 저는 '요한과 마리아는 무슨 이야기를 나눴을까?'라는 제목으로 동화를 쓰기 시작했어요.

"사랑하는 아가야, 사랑은 큰 힘이 있단다. 슬픔을 기쁨으로 바꿔 놓기도 하고, 성품을 변화시키기도 해. 지금부터 얘기할 사람은 성경에 나오는 요한이야. 벼락처럼 화내던 그의 성품이 예수님의 사랑으로 온유하게 변화되었단다. 지금부터 요한의 이야기를 들려 줄게."

저는 아기에게 소리 내어 읽어 주며 동화를 썼어요. 동화를 다 쓰고 퇴고하고 나면 또 한번 읽어 주었죠. 도서관에서 찾아본 자료에 '엄마의 목소리가 아기에게 전달된다'는 내용이 있었거든요. 정말 열심히 읽어 주고 열심히 썼어요. 그렇게 스물다섯 편의 동화를 완성했어요.

하지만 사람들에게 말하진 않았어요. 제가 아기를 위해 동화를 쓰고 있을 때, 제 동기들은 출판사나 잡지사에 취직해서 사회생활을 하고 있었어요. 소설로 등단한 친구도 있었죠. 부러웠어요. 상대적으로 제가 초라하게 느껴지기도 했고요. 그래서 아주 친한 사람들 몇 명에게만 얘기를 했어요.

"너, 태교 동화? 그런 거 써 놨다고 했지?"

이렇게 물은 선배는 정말 친한 몇 명 중 한 사람이고요.

"응, 태교 동화야. 우리 아기한테 읽어 주려고 쓴 거라 태교 동화라고 하긴 좀 부끄럽지."

"부끄러운지 아닌지는 내가 판단할 테니까 그 원고 메일로 보내 봐. 내가 외주로 일하는 ○○출판사 알지? 거기에 새로운 팀이 생기는데, 회의 때 그 팀 담당 편집장님이 첫 책으로 태교 동화를 내고 싶다는 얘기를 하더라고. 문득 네가 한 말이 생각나서 연락하는 거야. 네 원고 한번 거기 내보자."

"에이, 말도 안 돼. 그렇게 큰 출판사에서 경력 없는 무명작가를 쓰겠어?"

"경력이 처음부터 있는 사람이 어딨냐? 누구나 처음은 만들어야지. 누가 알아? 그 처음이 이번에 만들어질지?"

원고를 보내고 얼마 후, 예상치 못한 연락이 왔죠.

"네 원고 통과됐어."

거짓말인 줄 알았어요. 선배가 계약서를 써야 하니 출판사로 나오라고 할 때까지도요. 아니, 출판사에 가서 계약서를 쓰면서도요. 하지만 믿을 수 없다고 사실이 아닌 건 아니잖아요. 정말 말도 안 되게 제 원고를 책으로 만드는 작업이 시작되었어요. 정말 꿈 같았어요. 항상 행복한 꿈만 있는 건 아니었지만요.

책이 나온다는 건 말할 수 없이 기뻤지만 그 다음이 쉽지 않았어요. 원고는 통과되었지만 출판사가 바라는 대로 여러 번 수정을 해야 했거든요. 한 번이면 끝날 줄 알았던 수정이 두 번 세 번 반복되면서 저의 자존감은 땅에 떨어졌고 급기야 땅속을 파고 들어갔어요.

"다시 수정해 오셔야겠어요."

이 말을 귀에 딱지가 앉을 정도로 들었어요. 지금 생각해보면 당연히 들어야 하는 말이었어요. 작가 데뷔를 앞둔 저는 회사원에 비유하면 인턴사원인데 얼마나 배울 게 많고 고칠 것도 많았겠어요. 회사 입장에선 또 인턴사원에게 얼마나 전달할 게 많았겠어요. 그걸 그때라고 몰랐던 건 아닌데 알아도 힘든 건 여전히 힘들더라고요.

귀에 딱지가 앉고 난 다음에는 나라는 사람에 대한 고민도 하게 되었어요. 그런 거 있잖아요. 나에 대한 뒷말을 들으면 그게 오해인 줄 알면서도 내가 정말 그런 사람인가 생각해 보게 되는 것. 그런 생각을 하다 보면 뒷말을 들어서 속상하기보단 나를 의심하고 있는 내가 제일 한심하고 속상해지잖아요.

그때의 저는 매일 그런 심정을 반복했던 것 같아요. 내 글이 문제가 아니라 내가 문제인 건 아닐까, 내가 정말 재능이 없는 건 아닐까, 열심히 해도 안 되는 사람인 걸까, 책이 나오는 것도 허황된 꿈이었나, 나는 허황된 꿈을 잡고 있는 사람인가…… 생각의 꼬리잡기가 계속되었어요.

"고쳐 오겠습니다."

이렇게 말하면서도 '고친다고 뭐가 되긴 할까?'라는 생각이 들었어요. 딱 그만두고 싶었는데 그만두겠다고 말할 용기도 나지 않았죠. 그만두겠다는 말은 해보겠다는 말보다 열 배는 더 용기가 필요한 말이잖아요. 그래서 차라리 또 해보겠다는 용기를 내고 컴퓨터 앞에 앉았지만 쉽게 진도가 나가지 않았어요. 컴퓨터 커서가 깜박이며 저에게 말을 걸었어요.

"너 또 못하겠지? 자신 없지?"

괜히 컴퓨터 전원만 껐다 켰다 했죠. 가슴이 답답했어요.

이대로는 아무것도 안 되겠다 싶어 교회 기도실에 갔어요. 성경을 묵상하며 기도라도 해야 견딜 수 있을 것 같더라고요. 우선 성경을 앞에 놓았어요. 어디서부터 읽을지 고민했죠. 눈을 감고 성경책을 폈어요. 어디를 읽을지 찍자는 마음이었지만 구약을 피하려고 일부러 가운데보단 뒤쪽을 폈어요. 누가복음이 나왔어요. 1장부터 읽기 시작했죠. 소리내어 글자를 읽었지만 내용은 머리에 들어오지 않았어요. 언젠가는 내용도 읽히겠지 하며 무작정 읽어 내려갔어요. 19장쯤 되어서야 내용이 눈에 좀 들어왔어요.

마음이 가는 사람이 나왔거든요. 어쩐지 저와 비슷한 처지로 보이는 사람이었어요. 삭개오라는 이름을 갖고 있었죠. 정말 볼수록 별로인 사람인데 놀라운 일을 겪더라고요. 무려 예수님을 직접 만나요. 예수님이 자기가 있는 여리고 마을을 지나가신다는 소식을 듣고 정말 만나고 싶었나 봐요. 예수님이 키 작은 자기를 보지 못하고 지나칠까 봐 돌무화과나무 위에 올라가요. 그래도 만나지 못할 확률이 더 클 것 같은데, 확률 따위는 쉽게 무시해 버리고 정말 예수님을 만났죠. 저는 그 장면을 읽고 기도했어요.

"예수님. 저도 만나 주세요. 여리고 마을을 지나가다가 삭개오를 만나 주신 것처럼 저희 동네를 지나가다가 저를 만나 주세요. 원 플러스 원도 괜찮아요. 아니 텐 플러스 원도 괜찮아요. 마트에 가면 가끔 세탁세제에 붙어 나오는 키친타올이 있잖아요. 양도 적고 질도 안 좋은……. 요즘 저는 그 키친타

올 같아요. 글도 잘 못 쓰고 책도 나올지 알 수 없어요. 아무도 제 글을 안 읽을 것 같아요. 재능도 없어서 아무리 노력해도 제자리예요. 본품인 세제는 될 수 없나 봐요. 그런데 삭개오도 그런 사람이었잖아요. 그런 삭개오도 만나 주신 분이 예수님이잖아요. 그러니 저도 만나 주세요. 예수님은 사은품 같은 사람도 만나 주실 수 있잖아요. 그럼 사은품 같은 저도 힘을 낼 수 있을 것 같아요."

기도라기보단 떼쓴 것에 가깝죠. 저는 며칠 내내 누가복음 19장을 붙들고 예수님과 삭개오가 만난 일이 정말 있었는지도 모르겠다고, 나도 예수님을 만난 사람이 되게 해달라고 엄청 떼쓰고 졸랐어요.

그러다가 문득 조금 다른 생각이 떠올랐죠. 그 만남이 사람들이 보기에는 우연일 수 있지만 예수님에게는 필연이지 않았을까 하는 생각이요. 여리고 마을 사람들은 예수님이 우연히 삭개오를 만났다고 생각할지 모르지만, 삭개오 자신도 나무 위에 올라간 덕분에 예수님 눈에 띄었다고 생각할 수 있지만, 예수님은 다르지 않을까 하는…….

예수님만은 다를 것 같았어요. 사람들은 예수님이 여리고 마을을 지나가다가 삭개오를 만난 거라고 생각할 수 있지만,

예수님이 삭개오를 만나려고 여리고 마을을 지나간 것일 수도 있잖아요. 지나가다 만난 것은 만나려고 지나간 것과 하늘과 땅 차이예요.

청소년들을 만나다 보면 오늘 꼭 만나야 하는 녀석이 생겨요. 어제 만난 아이보다 더 사랑해서가 아니라 똑같이 사랑하지만 오늘 꼭 만나야 하는 경우예요. 그 타이밍을 놓치면 아이가 위험해지거든요. 그런 아이가 생기면 저는 제 일정이 있어도 데리고 다녀요. 아이의 마음이 절벽 위에 있는 게 빤히 보이니까요. 제가 함께 다닌다고 절벽에서 바로 내려올 수 있는 건 아니지만 절벽에서 손이라도 잡아 주고 있어야 안심이 되니까요. 그런데 그런 절박함이 다른 아이들에게는 서운함으로 작용할 수 있어요. 제가 그 아이만 챙기는 걸로 보일 수도 있으니까요.

"쌤, 요즘 걔만 좋아요? 왜 걔만 챙겨요?"

이런 질문을 듣기도 해요. 참 속상하죠. 그런 거 아니라고 그럴 이유가 있다고 말하지만 서운함을 내려놓지 않죠. 그 마음도 이해하지 못하는 건 아니지만 그래도 속상해요. 저에겐 똑같이 사랑스러운 아이들이고, 그 타이밍에 꼭 함께해야 할 이유가 있었을 뿐이니까요.

예수님도 삭개오를 만날 때 그런 마음이 아니었을까요? 그 시간 여리고 마을 사람들 중에 누구 하나 사랑스럽지 않은 사람 없어도, 모두 하나님의 자녀로서 소중하고 애틋해도, 삭개오를 더 사랑하는 게 아니어도, 그날 꼭 삭개오를 만나야 하지 않으셨을까요?

그날의 만남이 없었다면 삭개오의 삶은 더 위험해졌을 거예요. 얼마나 더 나빠질지, 얼마나 더 하나님과 멀어질지 모를 삭개오였잖아요. 이미 세상에서 나쁘게 살고 있는 삭개오였잖아요. 그 타이밍을 놓치면 또 사람들을 얼마나 괴롭히며 살지 참 걱정되는 친구였잖아요.

그런 삭개오가 나무에 올라간 후에야 간신히 눈에 띄어 예수님이 그를 만나 주셨을까요? 키가 작아 군중 사이에 있으면 잘 보이지 않아 꼭 만나야 할 영혼을 놓치셨을까요? 삭개오가 나무에 오르지 않았어도, 키가 작아 사람들 사이에서 찾기 힘들다고 해도, 예수님은 그를 마침내 찾아내어 만나 주지 않으셨을까요? 그렇다면 예수님은 삭개오를 지나가다가 만난 것이 아니라 만나려고 지나가신 것이 아닐까요?

삭개오와 눈을 맞추고 촉촉한 눈빛으로 그를 바라보는 예수님을 상상해 보았어요. 가슴이 뭉클해졌어요. 그러다가 문득 제가 중학생 때 있었던 일이 생각났어요.

저는 여학교를 다녔어요. 여학교가 어떤 곳인지 아시나요? 여자 오징어들끼리 사이좋게 다니는 학교예요. 그럼 남녀공학은요? 남자 오징어들과 여자 오징어들이 사이좋지 않게 다니는 학교죠. 참 웃긴 건요, 남녀공학에선 남자 오징어들과 여자 오징어들이 서로 "너희는 너무 오징어야!" 하면서 사귀어요. 웃기지 않아요? "너무 멋진 사람이야!" 하고 사귀는 게 아니라 "너무 구워진 오징어야!" 하면서 사귀는 게요.

여학교에선 그 웃긴 일이 일어나지 않아요. "너무 오징어야!"라고 말할 이성이 없으니까요. 놀리면서도 연애할 대상 자체가 없죠. 그래도 설렘을 못 느끼는 건 아니에요. 여학교에선 남학생이 없으니 주로 남자 선생님을 좋아해요. 선생님 중에서도 '사람'에 가깝고, 나이 차이가 비교적 적게 나고, 미혼인 분을 찾아서 좋아하죠. 슬프게도 우리 학교 선생님들은 우리와 동족이었어요. 오징어. 무엇보다 다 기혼이었고요. 참 암울했죠.

그런데 어느 날 기적이 일어났어요. 세상에! 사람 선생님이, 그것도 미혼 선생님이 부임하신 거예요. 담당 과목이 국경보다 넘기 힘들다는 수학이었지만 우리의 사랑은 수학도 뛰어넘었어요. 누구도 막을 수 없는 사랑이었어요. 우리의 시선은 온통 그분에게로 향하고, 우리의 삶은 그분의 역사가 되고 싶었죠. 등교부터 하교까지 오직 그분을 영접하는 것이 목적인 친구들이 많았어요. 저를 포함한 여자 오징어 다섯 명도 예외는 아니었어요. 우리는 매일 모여 선생님 이야기를 하고 선생님의 정보를 수집했죠.

그러다가 일급기밀 하나를 입수하게 돼요. 한 친구가 이모 집에 갔다가 오는 길에 뭔가를 본 거예요.

"내가…… 내가 봤어!"

"뭘?"

"쌤, 쌤이 버스 정류장 지나가는 거!"

그 친구의 이모 집은 우리 동네에서 멀지 않았어요. 두 정거장을 걸어 내려가면 있었죠. 친구가 이모 집 앞 버스 정류장에서 버스를 기다리다가 선생님 차가 지나가는 걸 봤다는 거예요.

"대박! 우리 내일부터 그 정류장으로 가자! 우리가 쌤 차를 발견하고 쌤이 우리를 발견하면, 우린 그 차를 타고 학교에 올 수 있어! 무려 쌤 차를 타고 말이야!"

"좋아 좋아!"

"꺅! 대박 설레!"

누구 하나 반대하지 않았어요. 우리는 다음날부터 친구의 이모 집 앞 버스 정류장에서 버스를 타기 위해 무려 30분이

나 일찍 일어났어요. 환승이 되지 않을 때니 걸어가는 방법밖에 없었어요. 매일 늦어서 교문까지 헐레벌떡 뛰던 아이들이 하루아침에 달라졌죠.

우리는 함께 두 정거장을 걸어 내려갔어요. 버스 정류장에 도착해서 고개를 내밀고 지나가는 차를 뚫어져라 보며 선생님을 기다렸어요. 제발 지나가기를, 제발 우리를 발견하기를 바라면서요. 하지만 그런 일은 일어나지 않았어요. 일주일이 지나도 선생님의 차를 만날 수 없었죠. 고급 정보를 주었던 친구가 말했어요.

"이젠 여기로 안 지나가시나 봐. 난 이제 일찍 일어나는 거 힘들어서 못하겠어. 그만 기다릴래."

우리는 굳이 그 친구를 말리지 않았어요. 어차피 승용차의 승차 인원은 운전자 포함 다섯 명이니까요. 네 명이어야 승차 인원이 딱 맞는 거잖아요. 그걸 그제야 깨달은 거예요.

"그, 그럴래? 그래, 힘들다면 그렇게 해야지."

진정한 우정이었죠. 우리는 계속 기다렸어요. 한 달이 다 되어도 선생님의 차를 만나는 기적은 일어나지 않았어요. 우리는 점점 지쳐 갔고 함께 기다리던 세 친구가 백기를 들었어요.

"이제 그만 기다리자. 너무 힘들다."

"그래, 차라리 학교에서 더 보는 게 낫겠어."

"나도 30분 일찍 일어나는 거 너무 힘들어."

저는 달랐어요. 아직 백기를 들고 싶지 않았어요. 제가 원래 안 하면 안 했지 한번 시작하면 잘 포기하지 않는 성격이거든요. 왠지 조금만 더 기다리면 꼭 만날 수 있을 것만 같았어요.

이제 저는 혼자 기다리기로 했어요. 더 절실해졌죠. 곰곰이 생각해 보았어요. 왜 한 번도 만나지 못했을까? 30분이라는 시간에 오류가 있었던 걸까? 매일 30분 일찍 일어나서 나갔으니 시간에 조금 변화를 줘 보기로 했어요. 10분을 더 일찍 일어났죠. 평소에 비하면 40분 더 일찍 일어난 거예요.

엄마는 제가 미친 줄 알았대요. 엄마는 이미 가게에 나가 있을 시간이니 전화를 해서 저를 깨웠거든요. 평소에는 전화를 세 통 이상 해야 겨우 일어나던 애가 스스로 일찍 일어나 동생들까지 다 깨우고 학교에 가니 '얘가 미쳤나' 했던 거죠.

두 주를 더 기다렸어요. 선생님의 차는 꽁무니도 볼 수 없었어요. 이번에는 반대로 10분 늦게 일어났어요. 평소에 비해 20분만 일찍 일어난 거죠. 또 두 주가 지났지만 선생님은 오지 않으셨어요.

이제는 저도 더 이상 기다릴 힘이 없었어요. 시간을 보니 이번에 오는 버스를 타야 지각을 면할 수 있었죠. "버스야, 빨리 와라" 중얼거리며 고개를 내밀었어요.

바로 그때 기적이 일어났어요. 제 앞에 선생님의 차가 멈춘 거예요! 믿을 수 없었어요. 선생님의 차라니! 눈앞에서 보고도 믿을 수 없는 기적이었어요. 저는 그대로 얼음이 되었죠.

차의 조수석 창문이 찍 내려갔어요. 무려 선생님의 실물이 창 밖으로 나타났어요.

"선화 아니니?"

끄악! 정말 선생님이었어요! 저는 떨리는 목소리로 대답했어요.

"왜 아니겠어요, 쌤!"

"학교 가는 길이니? 타."

드디어 꿈이 이루어지는 순간, 저는 선생님의 조수석에 최대한 사뿐히 올라탔어요. 선생님이 안전벨트를 매 주는 순간 저의 심장은 기어 옆으로 떨어졌고요. 차가 출발했어요. 선생님은 이런저런 이야기를 하셨어요. 가장 어이없는 말씀은 "어제 배운 수학 공식 기억나니?"였어요. 그게 어떻게 기억나겠어요? 하지만 저는 미소를 지으며 말했어요.

"당연하죠, 쌤."

다행히 그 공식을 말해 보라고 하진 않으셨어요. 사실 선생님의 이야기가 다 들리지도 않았어요. 너무 떨리니 제정신이 아니더라고요. 현실감이 하나도 없었어요. 진짜 선생님을 만난 건지 꿈인지 헷갈리더라고요. 그렇다고 한마디도 안 할 순 없었어요. 선생님이 말씀하시다가 잠시 멈추고 침묵이 흐르는 순간, 너무 어색하고 더 떨려서 침묵을 깨기 위해 입을 열었어요. 머릿속이 하얘져서 생각나는 말은 한마디도 없었어요. 그냥 헛소리를 했죠.

"하하, 그런데 쌤…… 진짜 신기해요. 어떻게 이렇게 우연히 만나죠?"

"그러게. 진짜 신기하네."

선생님은 천만 불짜리 미소를 지으며 이야기를 이어 가셨죠. 또 이야기가 멈추면 저는 같은 말을 반복했어요.

"와, 진짜 신기해요. 어떻게 이렇게 우연히 만나죠?"

학교에 도착하고 선생님과 헤어지며 인사를 나눌 때도 그랬어요.

"아무리 생각해도 신기해요. 선생님을 지나가다가 만나다니…… 안녕히 들어가세요."

지금 생각하면 그런 주접이 또 있을까 싶은데, 그때의 저를 생각하면 그런 말이라도 한 게 다행이었어요. 한마디도 못하고 기적을 마칠 뻔했으니까요.

왜 삭개오를 생각하다가 이 이야기가 떠올랐는지 아시겠어요? 그날의 삭개오와 예수님의 만남은 선생님과 저의 만남과 겹치는 부분이 있었어요. 선생님은 저를 지나가다가 만났다고 생각하셨을 거예요. 그런데 저는 선생님을 만나려고 무려 두 달 넘게 그곳을 지나갔어요. 지나가다가 만난 것, 만나려고 지나간 것의 차이가 선생님과 저 사이에 있었죠. 삭개오는 예수님이 지나가다가 우연히 만나 주셨다고 생각했을 거예요. 안 만나 주실까 봐 나무 위에 올라간 그로선 그렇게 생각할 수밖에 없죠.

그런데 예수님은요? 삭개오를 만나려고 그곳을 지나가셨을 거예요. 그 시간 꼭 만나야 하는 한 영혼을 놓치셨을 리 없어요. 그렇게 삭개오와 예수님 사이에도 지나가다가 만난 것과 만나려고 지나간 것의 차이가 존재하죠. 자신을 마트의 사은품처럼 느꼈던 저는 지나가다가 우연히라도 예수님을 만나기를 갈망했어요. 예수님은 제가 있는 기도실로 저를 만나려고 오시는 분인데 말이에요.

저는 그것이 크리스천의 자존감이라고 생각해요. 일반인을 상대로 강의를 할 때면, 자존감을 다르게 설명하죠.

"자존감(self-esteem)은 '자신에 대한 존엄성을 다른 사람들의 인정이나 칭찬이 아니라 자기 내면의 성숙한 사고와 가치에서 구하는 개인의 의식'을 말해요. 살짝 잘난 척하자면, 한자로 풀이해 볼 수도 있어요. 스스로 자(自), 높을 존(尊), 느낄 감(感). 스스로 높이는 느낌이나 감정, 스스로 품위를 지키고 자기를 존중하는 마음을 말하죠."

이것도 꽤 폼나지 않나요? 하지만 크리스천들을 만나면 '나'를 뽐낼 필요가 없어요. 우리는 진짜 폼나는 예수님을 믿고 있으니까요. 그 앞에서 뽐내는 건 번데기 앞에서 주름 잡는 일이니까요. 뽐내기보단 좀 더 담백하고 솔직하게, 내가 크리스천이기 때문에 내릴 수 있는 자존감의 정의를 말해 주고 싶어요. '나는 예수님이 만나러 오는 사람', 이것이 바로 크리스천의 자존감이라고요.

그날 삭개오를 만나러 오셨던 예수님이 나를, 그대를, 우리를 만나러 오세요. 지나가다가 만나는 것이 아니라 우리를 만나려고 지나가세요. 어제도 오늘도 내일도.

자존감이 바닥을 치던 그 시절, 며칠을 묵상하고 울며 기도하다가 그 사실을 간신히 깨닫게 되었어요. 그러고 나서 제 기도가 바뀌었어요.

"예수님, 생각해 보니 제가 세상에서 사은품인데 예수님에게도 사은품이면 너무 싫을 것 같아요. 예수님만은 저를 본품으로 생각해 주시면 좋겠어요. 이미 그렇게 생각하고 계신 건데 제가 오해한 거죠? 저같이 초라한 사람도 만나러 와 주시는데 제가 못 만날까 봐 조바심낸 거죠? 죄송해요. 그럼, 이제 저 만나러 와 주세요. 원 플러스 원 싫어요. 그냥 저를 만나러 와 주세요. 지나가다가 우연히 말고 저를 만나러 지나가 주세요. 예수님께 제가 사은품 키친타올보다 귀한 세제라고, 정말 소중한 본품이라고 말씀해 주세요."

하늘에서 우르르 쾅 번개가 치고 메아리가 잔뜩 들어간 음성이 들리진 않았어요. 그런데 계속 조르다 보니 그냥 그렇게 믿어졌어요.

"예수님, 저 만나러 오늘도 와 주신 거죠? 이상하게 이제 믿어져요."

이렇게 기도가 바뀌었죠. 조금 더 시간이 지나니 감사가 흘러 나왔어요.

"예수님, 저 만나러 와 주셔서 감사해요. 오늘도 저는 예수님이 만나러 오는 사람이라는 걸 잊지 않을게요."

제 마음에 감사가 넘쳤어요. 변한 건 없었어요. 갑을 관계의 세상에서 저는 여전히 을 중의 을, 첫 책이 나올지 어떨지 모르는 글쟁이, 수정 요구를 거듭해서 듣는 무명이었죠.

하지만 저의 태도가 달라졌어요. 이전에는 "수정해 오세요"라는 말에 축 처진 어깨로 "알겠습니다. 책 나올 수 있는 거죠?"라고 했다면, 이제는 당당하게 "알겠습니다! 언제까지 할까요?"라고 했어요. 어차피 수정을 할 거고, 최선을 다할 거고, 그럼에도 안 된다면 그 또한 이유가 있을 거라고 생각했어요. 무엇보다 나는 예수님이 만나러 오시는 사람이니 스스로 기죽고 자존감을 바닥에 붙일 필요는 없다고 생각했어요. 결국 1년 후, 『성경 태교 동화』라는 책이 빛을 보게 되었어요.

언젠가 지방에 강의를 갔더니 청소년들이 어느 빵집을 가리키며 말했어요.

"작가님, 저기가 성지예요."

"왜?"

"저기에 배우 ○○과 △△이 왔다갔대요."

유명한 배우 둘이 함께 온 빵집을 청소년들은 성지라고 불렀어요.

"와, 진짜 성지네!"

저는 강의 전에 아이들과 함께 그 빵집 앞을 지나며 좋아했어요. 그리고 강의하며 말했어요.

"그 빵집이 성지인 거 인정! 그럼 우리의 삶도 성지라고 인정해 보자. 배우들이 다녀간 곳이 성지라면 예수님이 함께하시는 우리 삶은 초대박 성지 아니겠니?"

언젠가 유대인들에 대한 공부를 한 적이 있어요. 딴 건 하나도 기억 안 나는데 이거 하나가 기억나요. 그들은 예수님이 손 잡는 건 우리가 손 잡는 것과 다르다고 생각한대요. 서로의 손을 잡는 게 아니라 서로의 팔꿈치 바로 아래 부분을 잡는다는 거죠. 손을 잡을 때는 한 사람이 놓으면 둘 다 놓아지지만, 팔뚝을 잡으면 한 사람이 놓아도 둘은 여전히 잡고 있는 게 되죠.

저는 그 말이 참 인상 깊었어요. 저는 예수님이 제 손을 잡고 계신다는 건 믿었어요. 그런데 제가 친구와 손 잡는 것과 똑같이 생각했죠. 그래서 예수님이 제 손을 놓칠까 봐 두려웠어요. 힘든 일이 생기면 제 손을 놓치신 거 아니냐고 따지기도 했죠.

그런데 아니었어요. 예수님은 제가 손을 놓친다고 해도 제 손을 놓치실 분이 아니었어요. 제가 절벽에 매달려 있을 때도 제 손을 놓치지 않고 온 힘을 다해 끌어올려 주셨어요. 제 곁에 아무도 없는 것만 같은 영혼의 밤이 찾아왔을 때에도 예수님은 저를 만나러 오셨고 제 손을 꼬옥 잡고 계셨어요.

요리를 할 때 육수는 참 중요해요. 육수는 요리 전에 미리 만들어 두죠. 재료의 양을 따지면 육수가 가장 많이 필요해요. 그래서 자존감을 육수에 비유했어요. 참 중요하고, 미리 준비해야 하고, 가장 많이 필요한 것. 우리의 삶이라는 성지에 가장 중요한 재료가 아닐까요?

자존감이라는 육수를 약한 불로 오래 끓이면서 기억하세요. 그대는 예수님이 만나러 오는 사람이라는 걸. 그것이 우리가 지니고 있어야 할 자존감이란 걸. 그대가 예수님의 손을 놓쳐도 예수님은 그대의 손을 놓치지 않는다는 걸.

이번엔 재능을 준비할까요?

이 세상은 참 웃겨요. 나처럼 할 수 있는 것을 너보다 못한다고 해서 할 수 없는 것으로 만들어 버리잖아요. "너는 할 수 있어!"의 대답은 "할 수 없어요!" 혹은 "할 수 있어요!"여야 하지 않나요? 그런데 "걔보다 못해요!" 혹은 "걔가 나보다 잘해요!"라는 말로 돌아와요.

내가 할 수 있는데 걔가 더 잘하는 게 무슨 상관이에요? 네가 할 수 있다는 이야기지 걔가 더 잘할 수 있다는 이야기가 아니잖아요.

우리는 그만큼 비교에 익숙해져 있어요. 상대평가를 받고 등급이 정해지고 경쟁 사회에 살아요. 까딱하면 자신이 숫자로 여겨지고 아무것도 할 수 없는 사람처럼 무기력해져요. 그러니까 정신 똑바로 차리고 기억해야 해요. 성적이 6등급이라고 인생이 6등급이 될 수 없듯 누구보다 잘하지 못한다고 해서 재능이 없다고 말할 수 없다는 걸.

그 사실을 기억하기 위해 이번 요리 재료는 고기, 즉 '재능'이에요. 우선, 재능을 준비하려면 재능이 뭔지부터 알아야겠죠? 재능의 사전적 의미는 '어떤 일을 하는 데 필요한 재주와 능력'이에요. 저는 이 의미에서 벗어나지 않고 이렇게 살짝 덧붙이고 싶어요.

'어떤 일을 (나처럼) 하는 데 필요한 (나만의) 재주와 능력.'

반에서 27등 하는 친구가 10등 안에 들어야 재능이 있다고 말하고, 10등은 1등이 재능이 있다고 말하고, 1등은 전교 1등이 재능이 있다고 말하고, 전교 1등은 전국 1등이 재능이 있다고 말하고…… 그렇게 끝도 없이 비교하며 나를 무기력하게 하는 건 재능이 아니에요. 누구보다 잘하지 못해도 나처럼 할 수 있는 나만의 재능이란 게 있어요.

저는 작가잖아요. 그런데 저보다 글을 잘 쓰는 작가가 아주 많을까요? 완전 많을까요?

대답하기 곤란하시죠? 이런 질문에 면전에서 대답하는 사람은 중2 남자아이들밖에 없었어요. 중2 시절의 아이들은 정말 이렇게 솔직해도 되나 싶게 솔직할 때가 많거든요. 그 아이들이 뭐라고 대답했냐고요?

"완전 아주 많아요!"

살짝 짜증이 나지만 정답이죠. 저보다 글을 잘 쓰는 작가는 완전 아주 많아요. 사실 저는 그들보다 글을 잘 쓰는 재능이 하나도 없어요. 하지만 저답게 쓸 수 있는 저만의 재능은 있어요.

앞에서 육수를 준비할 때 말했듯이 저는 『성경 태교 동화』라는 책으로 데뷔했어요. 배 속 아기에게 웃음을 주고 싶어 쓴 책이었죠. 그래서 문어체를 사용하지 않았어요. 아기에게 읽어 주며 썼기 때문에 당연히 구어체였죠. '요한과 마리아가 걸어갔다'가 아니라 '요한과 마리아가 걸어갔어'였어요. 출판사에서 문어체로 수정을 요구해서 전면 수정을 했었지만, 출간 전에 원래 문체로 가는 것이 좋겠다는 의견이 모여서 다시 원래대로 수정했어요.

드디어 책이 나왔죠. 아무도 판매량이 많을 거란 예상은 하지 않았어요. 성경이란 글자를 대놓고 달았으니 독자가 크리스천으로 국한될 것이고, 그중에서도 태교가 필요한 분들로 좁혀질 테니까요.

그런데 이상한 일이 일어났어요. 대형서점에서 기독교 분야로 들어갈 줄 알았던 책이 실용서 분야로 들어갔어요. '성경'이 아니라 '태교'에 초점을 맞춘 거예요. 그 덕분에 책이 일반 독자층에게도 노출되었고 예상했던 것보다 더 많이 판매가 되었어요.

성경이라는 글자를 달았으니 크리스천만 책을 살 것이라는 예측이 깨졌어요. 크리스천이 아니어도 성경이 태교에 좋다고 생각하시는 분들이 참 많았어요. 그 책은 참 신기한 사례가 되었죠. 우리나라는 기독교 색을 희미하게만 보여도 당연히 종교 분야로 분류되는데, 성경 태교 동화는 일반 분야에 들어갔고 판매 또한 끊이지 않았으니까요.

책이 이슈가 되면서 인터뷰가 들어오기 시작했어요. 인터뷰어들은 하나같이 물었죠.

"어떻게 성경으로 태교 동화 쓸 생각을 하셨어요? 문체가 특이해요. 입에서 나오는 말투 그대로를 실은 느낌인데 이런 문체를 뭐라고 하나요?"

문제는 두 번째 질문이었어요. 태교 동화를 쓸 생각을 한 건 제 이야기를 풀어서 답하면 되지만, 이런 문체를 뭐라고 하는지는 제가 알 리 없잖아요? 저는 제 아기에게 읽어 주려고 제 말투 그대로 썼을 뿐이니까요. 하도 이렇게 물으니 대답은 해야겠고, 좀 멋있게 대답하고 싶은 마음도 있어서 문체의 이름을 만들었어요.

"그 문체는 입말체라고 해요."

입에서 나온 말투 그대로를 실은 문체이니 입말체 맞잖아요. 아이들이 신조어를 만들 듯 줄여서 말한 거죠. 신기하게도 입말체가 저답게 쓰는 데 필요한 저만의 재능이 되어 버렸어요.

저는 이후로도 입말체를 사용해서 책을 썼어요. 제 책을 읽은 청소년들은 "작가님, 음성지원이 돼요!", 어른들은 "작가님이 옆에서 읽어 주는 것 같아요"라고 말하죠. 원고 연재 의뢰를 받을 때에도 메일에 입말체가 명시되어 있어요.

"이번에도 작가님 입말체로 부탁드립니다."

이렇게 저는 입말체를 만들고 쓰는 작가가 되었어요. 말했다시피 저보다 글 잘 쓰는 작가는 완전 아주 많아요. 멀리 갈 것도 없어요. 저는 친한 선배 소설가보다도 글을 못 써요. 하지만 누구도 저에게 "그 소설가처럼 써 주세요"라고 청하지 않아요. 그 소설가에게도 "입말체로 써 주세요" 하지 않고요.

그냥 우리는 자기만의 글쓰기를 자기처럼 해낼 뿐이에요.

하루는 제자가 찾아왔어요. 대학을 졸업하고 취직을 한 녀석이었죠. 첫 출근을 하기 전에 찾아와서 물었어요.

"쌤, 어떻게 회사 생활을 하면 될까요?"

"회사에 가면 말이야, 함께하는 사람들을 예수님이라 생각하고 섬기며 생활하면 좋겠어."

저는 이렇게 말했어요.

이 친구에게만 이렇게 말한 건 아니에요. 새로운 삶을 시작하며 어떻게 살지 물어보는 친구들에게 보통 이 말을 했고 지금도 해요. 크리스천이 이웃을 섬기며 사는 게 당연하니까요. 그런데 이 말을 해준 녀석들 중 누가 제일 먼저 떠오르냐고 하면 이 친구예요. 이 친구만 그 말을 듣고 가서 실천했다고 연락을 주었거든요.

이 친구는 사람들을 잘 섬기며 회사 생활을 하겠다고 다짐하고 첫 출근을 했어요. 그런데 첫날부터 김 부장님이 커피 심부름을 시키지 뭐예요. 수년 전의 일이지만, 그래도 여직원이라고 해서 커피 심부름을 시켜서는 안 된다는 것이 이미 기본 상식이 된 때인데 말이에요. 여직원이라는 이유로, 후배라는 이유로 무조건 "커피 타 와!" 하는 건 정말 아니잖아요.

드라마에서 그런 장면을 보면서 자신이 그런 일을 겪으면

"직접 타서 드세요!"라고 되받아칠 수 있을 것 같았지만, 실전은 달랐어요.

첫날부터 찍히면 괜히 회사 생활만 피곤해질 것 같아 조용히 가서 커피를 탔대요. 화가 났죠. 거절 못하는 자신과 지금도 여직원에게 커피 심부름을 시키는 현실이 싫었어요. 그래서 생각했어요.

'커피에 침을 뱉을까?'

그러다가 제가 한 말이 떠올랐대요.

"회사에 가면 말이야, 함께하는 사람들을 예수님이라 생각하고 섬기며 생활하면 좋겠어."

'그럼 김 부장님도 예수님처럼 섬겨야 하나? 여기에 침 뱉으면 예수님께 타 주는 커피에 침 뱉는 게 되나?'

이런 생각이 들더래요.

침은 못 뱉었죠. 기분은 여전히 나빴어요. 분명히 건의해야 하는 사안이었어요. 고민이 시작됐죠. 어떻게 건의할까? 며칠만 참다가 할까? 당장 할까? 그냥 참을까? 아니야, 무작정 참는 게 섬기는 건 아니잖아. 그럼 어떻게 섬겨야 할까?

하루 종일 고민하다가 저녁에 집 근처 커피 전문점에 가서 핸드드립 커피 도구와 원두를 샀어요. 다음날, 그걸 들고 출근을 했죠. 왜 그랬냐고요?

'그래, 커피로 섬기자. 커피 심부름을 시키는 건 부당한 일이니 시키기 전에 동기부터 부장님까지 우리 사무실에 있는 사람들을 커피로 섬겨 보자.'

이렇게 생각하고 아침에 회사에 나오면 핸드드립으로 커피를 내리기 시작했어요.

"제가 커피를 좋아해서요. 제 커피 타면서 아침마다 커피 한 잔씩 드릴게요. 대신 오후에는 못 드립니다."

녀석은 환한 미소를 지으며 말했죠. 동료들은 좋아했어요.

"커피를 선물받는 것도 고맙지만 매일 사무실에 커피 향이 나니 너무 좋다."

"그러게. 왜 우리는 이 생각을 못했을까? 신입 잘 뽑아서 호강하네."

선배들의 칭찬이 이어졌어요. 얼마 지나니 원두를 가져다 주는 동료들도 생겼어요. 번갈아 가며 커피를 내리자는 선배도 생겼어요. 나중에는 동료들과 함께 순서를 정해 돌아가면서 커피를 내리게 되었죠.

저는 이 이야기를 들으며 감동받았어요. 함께하는 사람들을 예수님처럼 섬기라는 말은 정말 많이 했는데, 이렇게 자기만의 방식으로 섬김을 실천하고 피드백을 준 녀석은 처음이었거든요. 이것도 재능이라고 생각해요. 섬김을 자신만의 재주와 능력으로 실천했잖아요.

제가 인터뷰어를 한 적이 있었어요. 작가들이 아르바이트로 잡지나 신문의 인터뷰 기사를 쓰는 경우가 종종 있거든요. 그중에서 가장 기억나는 분의 이야기예요.

이분은 샌드위치 매장을 200개쯤 가지고 있는 CEO였어요. 처음에는 하나의 매장으로 시작해서 점점 늘려 가셨대요. 인터뷰는 기분 좋게 진행되었어요. 마지막으로 잡지사에서 부탁받은 공식 질문을 했어요.

"가장 인상 깊은 직원이 있었나요?"

이 질문에 보통은 "모든 직원이 기억에 남습니다", "저와 함께한 모든 직원입니다"라는 답이 따라와요. 그런데 이분은 달랐어요.

"△△매장에 있는 ○○○ 직원이요."

딱 한 분을 콕 집어 말씀하셨어요. 저는 의아해서 물었죠.

"이유가 뭔가요?"

"그 매장은 오픈하고 나서 직원을 구하기가 힘들었어요. 아직 개발이 덜 된 곳이어선지 지원자가 거의 없었죠. 그런데 그분이 온 거예요. 처음엔 안 뽑고 싶었어요. 교회에 가기 위해 일요일 오전엔 근무를 못한다고 했거든요. 서비스 업종에선 그게 쉽지 않아요. 일요일에도 매장을 열어야 하기 때문이죠. 고민했죠. 오픈은 해야 하는데 직원이 한 명도 없으니 우선은 채용했어요.

사실 매장이 자리를 잡으면 그분을 그만두게 할 생각이었어요. 그런데 그럴 수 없었어요. 이분이 일요일은 가능하면 출근을 안 하고, 어쩔 수 없이 출근하더라도 오후 한 시가 되어야 했는데, 그것만 빼면 백 점이었어요. 아니 천 점이었죠. 이분이 퇴근 시간이 되어도 퇴근을 안 해요. 본인이 기본 판매량이라고 생각하는 양을 다 팔아야 퇴근을 해요. 사장 입장에선 고마울 수밖에요. 정말 너무 고맙더라고요.

제가 처음 노점 장사를 시작할 때 어느 교회 앞에서 했어요. 그때 교회 다니는 사람들한테 정이 다 떨어졌죠. 교회 앞 풍경을 해친다, 보기에 좋지 않다, 좀 더 멀리 가라…… 얼마나 구박하던지 제가 매장을 내면서 교회 옆이나 앞은 절대 싫다고 했어요. 교회라면 치 떨리게 싫었거든요. 어쩌면 그분이 일요일 오전에 그냥 쉬는 게 아니라 교회 간다는 게 싫었는지도 몰라요.

그런데 그분을 보고 교회에 대한 생각이 좀 달라졌어요. '이렇게 좋은 사람도 있구나' 하는 생각이 들었어요. 안타깝게도 그분이 만 3년을 일하고 그만두게 되었어요. 멀리 이사를 가게 되었거든요. 마지막 근무날, 제가 꽃다발과 선물을 들고 찾아갔어요. 퇴근 시간이 얼마 남지 않은 때였어요. 꽃다발과 선물을 드리며 '여사님, 그동안 수고 많으셨어요'라고 인사를 전했죠. 그랬더니 그분이 뭐라고 했는지 아세요? '잠깐만요, 사장님. 저 이거 다 팔고 얘기해요.' 마지막날까지 그러시더라고요. 그날의 감동이 아직도 생생해요."

그 이야기를 듣고 저는 충격을 받았어요. 저였다면 마지막 날은 설렁설렁 일했을 것 같아요. 팔다 남은 샌드위치를 몇 개 가져왔을지도 몰라요. 전날까지 열심히 팔았으니 그 정도는 먹어도 된다고 생각했겠죠. 그런데 마지막 날까지 처음 마음으로 일하셨다니. 그 얘기를 듣고 저 자신을 많이 반성했어요. 하나님을 믿지 않는 사람들은 성경을 읽기 전에 크리스천을 읽는다는 말을 들은 적이 있는데, 그 말이 정말 맞구나 싶었어요.

그 샌드위치 브랜드는 매장이 200개쯤 있었어요. 직원이 적어도 400명은 넘을 거예요. 그런데 사장님은 딱 한 직원만 꼽았어요. 왜일까요? 그 직원보다 일 잘하는 사람은 있을지 몰라도 그 직원처럼 그만의 방식으로 능력을 보여 주는 사람은 없었기 때문이에요. 그런 재능이 있는 사람은 그 직원뿐이었던 거예요.

저는 왜 제가 쓰는 입말체와 커피로 섬기는 제자와 마지막 날까지 최선을 다한 직원의 이야기를 했을까요? 맞아요. 여러분도 여러분만의 재주와 능력이 있다는 걸 말하고 싶기 때문이에요.

재능은 타고나거나 1등에게만 주어지는 능력이 아니에요. 물론 타고나는 것도 있겠죠. 하지만 아무리 타고나도 안 쓰면 소용없어요. 글 쓰는 재능이 아무리 탁월해도 안 쓰면 소용없잖아요. 글 잘 쓰는 재능이 없어도 계속해서 글을 쓰면 글 쓰는 사람이 되고요. 그러니 우리 삶의 과정에 필요한 요리를 할 때에는, 타고난 재능 말고 나처럼 할 수 있는 나만의 재주와 능력이 있다는 걸 믿고 그걸 찾아서 넣어 보세요.

아, 그걸 찾아서 넣을 때 주의할 점이 두 가지예요. 첫째는 살아 있는 것도 재능이고, 둘째는 재능이 없어도 노력은 있다는 거예요.

살아 있는 것도 재능이에요

한동안 온라인으로만 상담을 진행하던 한 아이를 만났어요. 정신병원에서 이제 퇴원해도 된다고 했을 때, 세상에 나가기가 너무너무 싫었다는 아이예요. 세상에서 살아야 한다면 차라리 죽는 게 낫다고 생각했대요. 그러다가 결국 살기로 마음먹은 건 죽는 게 힘들다는 걸 알아 버린 후였어요.

"몇 번이나 죽으려고 했어요. 그런데 죽는 게 되게 힘들더라고요. 결국 그냥 살기로 했어요."

"잘했어. 살아 줘서 고마워. 사람들은 재능이 있어야 한다고 말하지만 잘 생각해 보면 살아 내는 것도, 살아가는 것도 재능이야. 이 힘든 세상에서 살아 주는 것만 해도 재능 있는 거야."

저는 이렇게 말했어요. 정말 삶을 살아가는 것보다 끝내는 것이 낫다고 말하는 친구들을 많이 만나요. 그 친구들에게 가장 절실한 재능은 '살아 있는 것'이에요. 살아 있는 걸 제일 힘들어하니까요. 그 힘든 걸 하루하루 해내며 살고 있으니까요.

아이와 저는 정신없이 두어 시간을 상처에서 상처를 오가며 떠들었어요.

"지금은 웃으면서 말하지만 진짜 힘들었어요."

"그래, 알아. 엄청 아팠을 거야. 웃으며 말하는 오늘이 올지도 모를 만큼."

아이는 차라리 정신병원이 세상이기를, 오히려 세상이 정신병원이기를 바랐는지도 몰라요. 정신병원에선 적어도 다 함께 아프니까. 세상에선 죽어도 혼자만 아픈 것 같으니까.

하지만 아니잖아요. 정도의 차이는 있겠지만 우리 다 아팠고 아프고 아플 거잖아요. 아이가 그걸 알게 되기를 간절히 바라며 지금도 만나고 있어요.

아이는 아주 느리지만 조금씩 알아 가고 있는 것 같아요. 함께 아프기만 한 것이 아니라 함께 웃을 수도 있다는 걸. 상처와 상처를 오가다 보면 어느 날 그 길목에도 마법처럼 꽃이 핀다는 걸.

나처럼 할 수 있는 나만의 재능이 있다는 걸 믿는 것도 참 중요하지만, 살아 있는 것이 재능인 시대에 우리가 살아 있는 것도 재능이라는 걸 기억하는 것도 중요해요. (살아 있어 줘서 정말 감사합니다.) 재능 하나 없고 아무것도 할 수 없을 것만 같은 시간이 찾아오면 살아 있는 자신에게 말해 주세요.

"네가 왜 재능이 없어? 살아 있는 것도 재능인데. 너 진짜 재능 있는 사람이야."

재능이 없어도 노력은 있어요

아무리 제가 나처럼 할 수 있는 나만의 재주와 능력이 재능이고, 그것이 누구에게나 있다고 말해도 이렇게 말하는 친구들이 있어요.

"그래도 세상에서 원하는 재능은 있어야 하잖아요. 그런 재능이 있어야 뭔가를 할 수 있어요."

처음부터 그런 건 아니에요. 제 말에 위로와 힘을 얻었다며 힘차게 세상에 나갔다가 다시 벽에 부딪히고 머리가 깨지고 하다 보면 또 주저앉게 되잖아요. 그럴 때 다시 와서 이렇게 말하죠. 결국 재능이 있어야 할 수 있다고.

그럼 저는 백기를 들어요. 그래, 그 말이 맞다고 믿는 네 말을 인정하겠다고. 그래, 그게 맞는 말이라고 하자고.

"그럼, 이제 어떻게 해요?"

그러면 이렇게 다시 슬픈 질문이 돌아오죠. 저는 담담하게 말해 줘요.

"그거 알아? 재능 있는 사람들도 자기가 재능 없다는 생각이 들 때 재능이 없으니 포기할까 수백 번 생각하고 고민한대. 사람들은 고민 후에 둘로 나뉘어. 정말 포기하는 사람과 다시 노력하는 사람. 재능이 없다는 핑계를 대며 아무것도 하지 않느냐, 재능이 없어도 해볼 수 있는 데까지 해볼 마음을 먹고 실행하느냐의 차이는 분명히 있다는 말이야. 재능에는 감정이 없지만 노력에는 감정이 있거든.

무엇을 하든 나만의 스타일로 하는 게 중요해. 그건 노력의 감정을 얼마만큼 오래, 길게, 많이 사용하느냐에 달렸어. '재능이 있네요'라는 소수만 들을 수 있는 칭찬을 못 들을까 봐 겁내지 마. '참 노력했네요'라는 칭찬은 다수가 들을 수 있지만 실제로는 듣기 힘들거든. 그걸 네 자신에게 해줄 수 있는 사람이 되면 좋겠어. 나도, 너도."

잘 생각해 봐요. 재능이 있어서 하는 사람보다 재능이 없어도 하는 사람이 더 멋지지 않아요? 재능은 내 맘대로 내 곁에 있게 할 수 없지만, 노력은 내가 맘먹은 만큼 나와 함께할 수 있어요. 우리 굳게 맘먹고 함께 멋져져 봐요. 살아 있는 것과 열심히 하는 것, 다시 말해 생명과 노력은 누구에게나 주어진 재능이니까요.

자, 주의사항을 명심하셨죠? 그럼 다시 처음으로 돌아가서 우리가 얼마나 나처럼 할 수 있는 나만의 재능이 있는지 살펴봅시다.

자신의 방을 둘러보세요. 친구보다 잘 어지르지는 않았지만 나처럼 잘 어질러져 있죠? 우리는 이만큼이나 재능 있는 사람이에요. 그러니 "넌 할 수 있어!"라고 말하면 "할 수 있어!"라고 대답해 봐요. 물론 "할 수 없어!"라고 대답해도 괜찮아요. 그런데 "나보다 잘하는 사람이 많아!", "내가 걔보다 못해!"라고 대답하진 말아요.

나는 나예요.
누구도 날 대신해서 살아 줄 순 없어요.
그대의 삶을 그대처럼 살아요.
그러면 돼요.

채소는 도전이에요

냄비(과정)에 육수(자존감)와 고기(재능)를 넣고 끓이고 있나요? 그럼 고기(재능)가 푹 익을 때까지 강불로 끓이다가 약불로 줄이고 채소를 넣어 주시면 돼요. 채소의 이름은 '도전'이에요.

이번에는 제 고등학교 때 이야기를 해드릴게요. 고등학교는 남녀공학이었어요. 남녀공학이 어떤 학교인지 앞에서 말씀드렸죠? 네, 남자 오징어들과 여자 오징어들이 사이좋지 않게 다니는 학교잖아요. 그런데 참 이상한 일도 말씀드렸죠? 서로 "재는 너무 오징어야!" 이러면서 사귀는 거요.

그리고 이상한 게 한 가지 더 있어요. 사실 이게 더 이상해요. 막상 놀리면서도 사귀게 되면 서로에게 유일한 사람인 것처럼, 그 사랑이 영원불변할 것처럼 사랑한다는 거죠.

그렇게 웃기고 귀여운 사랑을 학교도 알고 있었던 걸까요? 우리 학교는 ㄷ자 건물이었는데 남자반과 여자반을 서로 건너편에 배치해 놓았어요. 이성교제를 막아 보려는 학교의 의도가 엿보이는 배치였죠. 하지만 그렇다고 막아지진 않았어요. 쉬는 시간이면 창문을 열고 건너편에 있는 이성과 눈을 맞추었으니까요. 결혼을 빨리 하게 하려면 결혼을 반대하라더니 정말 사람은 반대로 하고 싶은 마음이 기본으로 내재되어 있나 봐요. 친구들은 쉬는 시간에 창문을 열고 건너편 남자아이들의 이야기로 교실을 메웠어요.

"2반 분화구는 내가 찜했어."

"1반 키다리 아저씨는 내 거야."

"난 3반 펭귄과 사귀고 말 거야."

여드름 자국이 많은 친구는 분화구, 키 큰 친구는 키다리 아저씨, 입이 작은 친구는 펭귄…… 이름을 모르니 별명으로 미래의 남자친구를 정했죠. 당사자들은 자신이 그런 별명으로 불리는지도 몰랐죠. 자신이 누군가의 남자친구로 결정되었다는 것도 몰랐고요.

사실 그건 걔네들을 사귀고 싶다기보단 무료한 학교생활

을 견디기 위한 쉼이었어요. 그 가운데 실제로 가슴앓이를 한 친구들도 꽤 있었지만요.

"나 혼자만 보면 부끄럽잖아. 같이 봐 줘!"

단짝 친구의 성화에 저는 건너편을 같이 바라보았죠. 친구는 오로지 건너편의 한 남학생에게 꽂혀 있었거든요.

"보고 또 봐도 넘 귀엽지 않니?"

친구는 쉬는 시간마다 이야기했고, 저는 쉬는 시간마다 이해할 수 없었죠. '재가 어디가 귀엽다는 건지, 쯧.' 그래도 친구의 마음을 존중해 주기로 했어요.

"그래, 네 눈에 귀엽다면 귀여운 거지. 그렇게 좋아?"

친구는 고개를 끄덕였어요. 친구의 눈에서 꿀이 떨어졌죠. 친구는 쉬는 시간에만, 그것도 그 아이가 쉬는 시간에 복도에 나올 때만 볼 수 있었으니까요. 그 아이와 만남을 주선해 주고 싶었지만 그럴 능력은 없었어요. 그래서 친구의 마음을 담은 시를 써 주었어요. 뭐라도 해주고 싶어서 친구의 설레는 마음을 기록해 준 거죠. 저는 어차피 매일 시를 쓰고 있었거든요. 글 쓰는 것도 좋아했고 감성도 충만한 시기였으니까요. 친구를 주인공으로 글 쓰는 것이 꽤 멋진 일이라는 생각도 들었어요.

아주 잘 쓴 시는 아니었어요. 그 시절의 시는 대부분이 새벽 두 시에 쓴 것만 같았어요. 감성 100퍼센트의 시였죠.

'너를 처음 본 순간 나의 심장은 온데간데없고……'

이렇게 오글거리는 글이었죠. 하지만 친구는 무척 고마워했어요.

"진짜 좋은 선물이야. 넌 최고야."

친구가 좋아하니 저도 좋았죠. 친구는 매일 그 시를 꺼내 봤어요. 다른 친구들에게도 자랑했죠. 한 친구가 말했어요.

"이거 연애편지 같아. 걔한테 전달해 봐."

친구는 그 얘기를 듣고 와서 저에게 물었어요. 이걸 연애편지로 전달해도 되겠느냐고. 저는 친구만 좋다면 얼마든지 그러라고 했죠. 하지만 친구는 용기가 나지 않는다고 했어요. 저는 어디선가 주워들은 말을 해주었어요.

"용기는 떨리지 않을 때 하는 게 아니라 떨려도 하는 거래. 그게 진짜 용기래."

친구는 멋진 말이라고 했지만 그 말 때문에 용기를 얻은 건지는 모르겠어요. 아무튼 용기가 났다며 그 시를 좋아하는 남학생에게 전달했어요. 학원 친구를 통해 부탁한 거였죠. 친구는 떨면서 답장을 기다렸어요. 답장은 오지 않았어요. 하지만 편지를 전달한 친구를 통해 만날 약속을 잡게 되었죠. 친구는 좋아하는 연예인을 실제로 만나는 양 떨었어요.

“나 지금 꿈꾸고 있는 거 아니지? 이거 현실이지?”

친구는 자기 볼을 꼬집어 보더니 진짜 아프다며 약속 장소로 나갔죠. 드디어 둘은 만났고, 그날부터 1일이 되었어요.

그 일은 학교 안에 금세 소문이 났죠. 친구들은 저에게 시를 써 달라고 부탁했어요.

“나도 시 한 편만 써 줘. 나도 연애 좀 해보자.”

“나도 연애편지 한 통만 써 주면 안 돼?”

저는 친구들의 이야기를 듣고 시 형식의 연애편지를 써 주었어요. 연애편지를 통해 실제로 연결되는 친구도 있었고 아닌 친구도 있었지만, 성공 확률보다 더 중요한 건 재미였던 것 같아요. 학교생활에서 재미를 찾는 건 학교생활을 유지할 수 있는 비결이니까요.

저는 쉬는 시간마다 창밖을 내다볼 시간조차 없이 편지를 썼어요. 나중에는 부모님께 드리는 편지도 써 주었죠. 어버이날에 감사편지도 써 주었고요. 아빠에게 혼났는데 용돈 받는 날인 경우에도 써 주었어요.

‘사랑하는 아버지께…… 당신이 제 삶의 버팀목임을 이제야 고백합니다……’

솔직히 남학생에게 쓰는 편지보다 더 오글거렸지만, 친구의 아빠는 그 편지에 감동해 친구에게 용돈을 주었고, 친구는 제게 떡볶이를 사 주었죠. 편지를 써 주기 시작한 이후로 저는 간식을 제 돈 주고 사 먹은 기억이 없어요. 떡볶이, 짜장면, 햄버거, 순대볶음 등 정말 여러 종류의 간식을 편지를 써 준 대가로 얻어먹었죠. 일종의 원고료였어요. 가장 많이 먹은 건 '아기보름달' 빵이었어요. 달처럼 동그란 카스텔라 두 개 사이에 생크림을 넣은 빵이죠. 칼로리가 무척 높았지만 우리 학교 매점에서 가장 인기 많은 빵이었어요.

친구들은 줄 서서 그 빵을 사는데, 저는 줄 한번 서지 않았죠. 친구들이 그 빵을 사 와서 제 앞에 내밀며 "나도 편지 써 줘!" 하며 부탁했거든요. 저는 열심히 '원고료'를 먹으며 편지를 썼어요. 왜 먹어도 먹어도 맛있는지 그 높은 칼로리가 몸매를 완성하고 있다는 건 생각하지도 못하고 열심히 먹었죠.

그걸 부러워하는 친구들이 참 많았어요. 제 짝꿍도 그랬던 것 같아요. 어느 날 물었거든요.

"빵 맛있어?"

"응, 매일 맛있어."

"그런데 너, 이제 빵이 넘치잖아."

"응, 그렇지. 하나 줘?"

"아니, 나도 정당하게 먹고 싶어."

"응?"

"네가 시처럼 편지를 쓰니까 종이에 여백이 많이 남잖아."

"그렇지. 그게 왜?"

"내가 그 여백에 그림을 그리면 어때? 일러스트 말이야."

"아, 너 그림 잘 그리지? 좋아."

"그럼 나도 빵 나눠 주는 거야?"

"그럼, 그림 값 줘야지."

"아싸!"

이제 저는 직원이 생겼어요. 제가 글 쓰고 짝꿍이 그림 그리고, 수입(빵)도 나눠 가지고…… 우리의 '편지 컴퍼니'는 2인 체제로 돌아갔죠. 제 앞에 앉은 친구가 그 모습이 부러웠던 모양이에요. 하지만 직원이 더 필요하진 않았어요. 제가 글을 을 쓰고, 짝꿍이 그림을 그리고, 친구들이 편지를 받으러 직접 오니 배송은 필요없었거든요. 하지만 앞에 앉은 친구는 기막힌 아이디어로 합류하게 되었어요.

"선화야, 네가 쓰는 편지가 내가 보기엔 작품이거든."

"응, 그렇게 생각해 주면 나야 고맙지."

"난 당연히 그렇게 생각해. 그런데 말이야, 네가 쓴 작품을 친구에게 주면 사라지잖아. 역사쌤이 기록의 역사가 중요하다고 하셨잖아."

"응, 무슨 말이 하고 싶은 거야?"

"네 작품을 내가 기록하면 어떨까? 내가 글씨 쓰는 걸 참 좋아해서 말이야."

"와, 좋은 생각이네. 모아두면 추억도 될 거고."

"그치? 그럼 내가 기록할게. 빵 나눠 먹자."

"흐흐, 좋아."

정말 기막힌 아이디어죠? 저는 기록은 생각도 못했거든요. 우리는 이제 3인 체제로 돌아갔어요. 저는 글을 쓰고, 짝꿍은 그림을 그리고, 앞에 앉은 친구가 기록했죠. 그 단계를 거치고 나면 편지를 의뢰한 친구에게 전해 주었어요. 빵은 공평하게 나눠 먹었고요. 두 친구는 아주 정직한 CEO라며 저를 칭찬해 주었죠. 몸매도 정직하게 셋이 같이 완성되었어요. 우리는 대학에 가면 살이 빠질 거라고 믿었어요. 부모님과 선생님이 모두 그렇게 말씀하셨거든요.

"열심히 공부해. 살은 대학 가면 다 빠져."

이 말이 거짓말이라는 건 대학에 가서야 알게 되었지만요. 속았다고 말했지만 어쩌면 우리는 이미 알고 있었는지도 몰라요. 사실이라고 믿어야 맘껏 먹을 수 있으니 맘껏 먹기 위해 그것이 거짓말이 아니길 간절히 바라고 있었는지도요. 그래도 그렇게 먹으면 안 되는 건데 그렇게 먹었죠. 정말 인간이 먹을 수 있는 양은 넘었던 것 같아요.

하지만 우리는 행복했어요. 뭐 행복이 별거 있나요? 잘 먹고 잘 자고 잘 싸면 그게 행복이죠. 우리는 그 세 가지를 정말 잘했으니 충분히 행복했어요. 하지만 알고 있었죠. 그 행복을 곧 고3이 되면 담보 잡혀야 한다는 걸요.

"우리 고3이 되면 반도 달라지고 공부도 해야 하니까 이 일 지금처럼 매일은 못하겠지?"

"그치. 일주일에 한 번만 모여서 할까?"

"그래, 의뢰도 다 받진 못하겠네. 어쩔 수 없이 거절도 해야겠어."

"그래, 그럼 우리 고2 끝날 때까진 더 열심히 하자."

"더 열심히 먹기 위해서?"

"빙고!"

우리는 고3 때 덜 행복해질 것을 대비해서 더 열심히 했어요. 학교 수업이 끝나도 남아서 종종 작업을 했는데 정말 즐거웠어요. 우리끼리 오글거린다고 웃고, 빵이 너무 맛있다고 웃고, 서로 더 살쪘다고 웃었죠. 어느 날 한참을 낄낄대고 웃다가 앞에 앉은 친구가 물었어요.

"선화야, 너 그동안 쓴 시가 몇 편인지 알아?"

"아니, 그걸 내가 어떻게 알아?"

친구는 책상 서랍에서 두꺼운 스프링 노트 세 권을 꺼내며 말했어요.

"이만큼이야!"

저랑 제 짝꿍은 정말 놀랐죠. 그렇게 많은 양일지 몰랐거든요. 제가 물었어요.

"이게 다 내가 쓴 시야?"

"응, 네 시만 기록해 둔 거야."

"대박! 줘 봐. 우리 좀 읽어 보자."

우리 셋은 노트를 한 권씩 펴고 읽으며 낄낄거렸어요.

"이거 봐. 진짜 유치해."

"이 유치한 걸 보고 연결이 됐다니!"

"이 편지 주인공은 사귄 지 벌써 100일 넘었다고 그랬지?"

"응, 대단해. 정말."

"그래도 이거보다 낫다. 누가 엄마에게 이렇게 편지를 써?"

"그거 보고 걔네 엄마가 갈비찜을 해주셨대."

"이야, 빵 얻어먹고 갈비로 갚았네. 은혜 갚은 꿩이냐?"

"꿩도 빵 먹냐?"

"이렇게 많이는 못 먹을걸."

우리는 말도 안 되는 이야기를 하면서도 즐거웠죠. 청소년기는 그런 시기인 것 같아요. 어른들의 말처럼 낙엽만 굴러가도 웃음이 나는……. 우리 셋은 그날부터 노트를 한 권씩 가지고 다니면서 만나면 같이 읽고 자지러졌어요. 그러다가 앞에 앉은 친구가 좋은 아이디어가 있다며 말했어요.

"그거 알지? 요즘 이런 시가 유행하잖아."

그때도 지금 SNS에 넘쳐나는 감성 시처럼 감성이 가득 담긴 짧은 시가 유행했거든요.

"응, 그게 왜?"

"그래서 여러 출판사에서 이런 시를 응모받더라. 네 시도 보내 보는 게 어때?"

"에이, 난 싫어."

"왜?"

"친구들이야 내 시를 인정해 주고 좋아해 주지만, 시를 출판사에 보내면 어른들이 심사할 거 아니야. 어른들이 보기엔 유치하고 볼품없을 수 있잖아. 떨어질 텐데 뭐하려고 보내. 그냥 난 지금이 좋아."

"떨어지는 거? 그게 뭐가 문제야?"

"왜 문제가 아니야. 쪽팔리지."

"너 어차피 작가 될 거잖아. 떨어져도 좋은 거지."

"떨어져도 좋은 거라고?"

"그럼. 떨어져도 출판사에 원고 보내는 방법을 알게 된 거잖아."

"응? 그럼 붙으면?"

"붙으면 시집이 나오는 거지. 그러니까 둘 다 좋은 거야."

와, 저는 한 번도 그렇게 생각해 본 적 없었지만 친구의 말이 맞잖아요. 결과에 집중하다 보면 오류가 생겨요. 결과가 좋지 않으면 어떤 시도나 도전도 소용없게 느껴지는 거죠. 그 결과라는 것도 우리가 정해 놓은 거고요. '이렇게' 노력했으니 '그렇게' 되어야 한다는 결과를 정해 두죠. 그런데 '그렇게'라는 것도 어떤 기준이 있는 게 아니고, '좋다'는 것도 주관적인 생각이잖아요.

제가 친구에게 말한 것도 그래요. 원고를 보내면 '붙어야 한다'는 결과를 정해 놓고 말한 거잖아요. 하지만 친구는 그런 프레임에 갇혀 있지 않았어요. 작가 지망생이라면 떨어지더라도 출판사에 원고 보내는 과정을 겪어 보는 것이 유익하다는 말을 했잖아요. 친구 덕분에 저는 '도전'의 뜻을 정립했어요.

'예상한 결과가 나오지 않아도 유익하고, 나와도 유익하니 우

선 해보는 것.'

이것이 제가 생각하는 도전의 뜻이에요. 가끔 이런 말을 들어요.

"페이스북에서 글 보고 도전받았어요."

"강의 잘 들었어요. 도전받았어요."

그럼 저는 웃으며 말씀드려요.

"감사해요. 그 도전 꼭 사용하세요!"

도전은 '해보는 것'이에요. 받아 두는 것이 아니라 사용해야 돼요.

저는 문구를 좋아해요. 우울한 기분이 찾아오면 펜이나 지우개 등을 구경하는 걸 좋아하죠. 구경하다가 마음에 쏙 드는 물건이 있으면 구입하기도 해요. 그런데 바로 쓸 일이 없거나 아끼고 싶을 때에는 서랍에 넣어 두죠. 한참 후에 대청소를 하다가 발견하곤 해요. '이게 여기 있었네. 그냥 쓸 걸 그랬나' 하고 다시 넣어 두죠. 너무 마음에 들었지만 한 번도 사용하진 못한 거예요.

도전도 그런 경우가 많아요. 그냥 보관해 두는 거예요. 문구는 보관해도 돼요. 너무 예뻐서 수집을 목적으로 해도 되죠. 하지만 도전은 아니에요. 마음 서랍에 넣어 둔다고 1년 후든 10년 후든 그대로 보관되어 있지 않거든요. 사라져요. 그럼 우리는 또다시 새로운 자극을 주는 도전을 받아서 넣어 두죠. "와, 도전받았다" 하면서요.

제 친구가 돈을 벌기 시작하면서 그랬어요.

"난 우선 1억만 현금으로 모으고 나서 좋은 일을 할 거야."

그 말을 나눌 때 우리에게 1억은 큰 돈이었어요. 집과 차를 살 수 있을 만큼. 지금은 그렇지 않잖아요. 제가 몇 년 전에 물었어요.

"이제 1억 모은다고 좋은 일 하긴 틀렸지? 다 너무 비싸졌다."

"아니. 난 그래도 통장에 1억만 있으면 좋은 일 하면서 살 수 있을 거 같아."

"멋지네."

저는 친구를 칭찬했어요. 그리고 얼마 전, 친구는 그 칭찬을 취소하라고 했어요.

"왜 취소해?"

"나 사실 1억을 모았거든. 근데 좋은 일 못하겠다."

"왜? 마음이 바뀌었어? 물가가 올라서 1억으로는 너무 부족한 거야?"

"아니. 1억을 모으니까 100원만 빼도 1억이 아니라는 생각이 들더라."

저는 고개를 끄덕거리고 칭찬을 취소해 주었어요. 더이상 묻지는 않았죠. 왠지 이해가 되었거든요. 제가 본 사람들은 1억이 있어 좋은 일을 하는 사람들이 아니에요. 쌀 한 가마니가 있어 한 톨을 나누는 게 아니라 쌀 한 가마니는 생각하지 않고 한 톨을 나누는 사람들이죠. 뭘 채운 후에 흘려 보내겠다고 말하는 사람들이 아니라 흘려 보내면서 채워짐도 기대하는 사람들이에요.

제가 생각해도 어느 정도 목표액을 채우고 난 다음에 누군가를 돕기란 더 어려울 것 같았어요. 사람은 가진 만큼 두려워지지 않나요? 내가 가진 것이 깨질까 봐 누구나 불안하지 않나요? 십분 이해되는 마음이었어요.

그러니 나중으로 미루지 말라고 말씀드리고 싶어요. 어떤 위치에 오른 후에, 어느 정도 손에 쥔 후에 말고 지금 할 수 있는 만큼 나누고, 지금 마음먹은 만큼 도전하며 살면 좋겠어요. 제가 무얼 하고 싶다는 말을 하니 친한 선배가 그러더라고요.

"넌 아직도 하고 싶은 게 있니?"

"네, 저는 죽을 때까지 도전하고 싶어요."

정말 그래요. 솔직히 도전이 두렵기는 해요. '정말 안 되면 어떡하지?'라는 생각이 들기도 해요. 불과 얼마 전까지도 그런 생각은 해본 적 없거든요. 나이가 들수록 안주하고 싶은 것이 사람인가 봐요.

하지만 저는 푹신한 방석을 별로 안 좋아해요. 딱딱한 온돌바닥이 좋아요. 오래 앉아 있으면 골반 뼈가 아파서 자꾸 일어나고 싶어지는 바닥이요. 그런 바닥에 앉아서 자꾸 일어날 거예요. 그 마음을 지키기 위해 계속 노력할 거예요. 끊임없이 도전하고 열심히 하고 싶어요.

어쩌면 불안함이 정답일지도 모르죠. 불안함이 속삭이는 대로 정말 안 될지도 몰라요. 하지만 그건 '된다'는 걸 정해 두었기 때문이 아닐까요? 제가 열심히 해보자고 하면 아이들이 물어요.

"열심히 해도 안 되면 어떡해요?"

제 대답은 언제나 같아요.

"열심히 해도 안 될 수 있어. 그건 열심히 하지 않아서가 아니라 '된다'가 어느 정도인지 정해 놓았기 때문이야. '이 정도 열심히 하면 적어도 저렇게는 될 거야. 저렇게는 되어야 된 거야'라고 생각하는 거지. 정한 것에 못 미치면 '안 된다' 하고 말이야. 그런데 꼭 저렇게 되어야 하는 건 아니야. 지금도 된 거야. 너 열심히 한 만큼 분명히 앞으로 왔어."

지금이 맛있어지는 요리에는 꼭 도전이라는 채소를 많이 넣었으면 좋겠어요. 채소는 종류가 여러 가지잖아요. 파, 양파, 고추, 파프리카 등 색깔도 다양하죠. 여러 색깔의 도전을 많이 넣으세요. 그렇게 되어도 유익하고, 그렇게 되지 않아도 유익한 도전! 타임 세일은 없지만 정찰제라 바가지는 씌우지 않아요. 도전으로 얻는 것에 비하면 참 착한 가격이에요.

참! 도전할 때에도 주의사항이 있어요. 서랍에 넣어 두진 마세요. 바로 드세요. 어떤 도전이든 싱싱할 때 먹어야 제맛이랍니다. 큰 도전을 위해 작은 도전들을 받아 둔다고요? 아니요. 그러지 마세요. 큰 도전은 작은 도전을 보관해 둔다고 해서 어느 날 저절로 일어나는 마법이 아니에요. 작은 도전을 꾸준히 하다 보면 그것이 쌓여서 가능해지는 거예요.

채소를 냉장고에 넣어 둔다고 우리 몸이 건강해지지 않잖아요. 채소를 어느 날 한꺼번에 많이 먹게 되지도 않잖아요. 조금씩 자주 채소를 먹다 보면 건강도 따라오는 거잖아요. 그런 원리를 생각하고 우리가 할 수 있는 도전들을 자주 먹으면서 살아 봐요.

양념은 '어부의 마음'이에요

이제 요리의 마지막 단계예요. 취향에 맞게 양을 조절해서 양념을 넣으면 되는데, 양념 이름이 좀 특별해요. '어부의 마음'. 그게 도대체 뭐냐고요? 제가 지금부터 하는 이야기에 답이 있으니 염려 말고 읽어 보시면 돼요.

한 어부가 있었어요. 이 어부는 물고기 잡는 것을 가장 즐거워해요. 일을 해본 분들은 알겠지만, 자신이 하는 일을 즐거워하며 한다는 건 쉽지 않아요. 이 어부는 그 어려운 일을 해내는 사람이었어요. 매일매일 즐겁게 일을 했죠. 게다가 재능도 있었어요. 물고기를 참 잘 낚았어요.

오전에 물고기를 낚아 장에 나가서 팔면 생활비를 충분히 벌 수 있었어요. 오후엔 다시 강가로 돌아와 낚시를 했죠. 여유 있게 스무 마리만 더 낚았어요. 어부가 사는 동네에는 스무 가구가 모여 살았거든요. 어부는 집집마다 물고기를 한 마리씩 나눠 주고 집에 들어갔어요. 어부 덕분에 동네 사람들은 저녁상에 물고기 한 마리씩을 올릴 수 있었죠. 동네 사람들은 어부에게 항상 감사한 마음을 가지고 있었어요. 어부도 나눠 줄 수 있다는 사실이 참 기뻤죠.

어부는 하루하루를 그렇게 보냈어요. 오전에 물고기를 낚아 장에 나가서 팔고, 오후에 스무 마리를 더 낚아 동네 사람들에게 나누어 주고, 집에 들어가 저녁을 먹고 잠을 자요. 또 아침 일찍 일어나 강에 나가 물고기를 낚고……. 매일 똑같은 일상이 지루할 법도 한데, 어부는 그렇게 일상을 이어 갈 수 있다는 것에 감사하며 살았죠.

어느 날 어부는 아침에 여느 때처럼 강가에 갔어요. 여전히 똑같은 날이었죠. 그곳을 지나가던 재벌 회장이 어부를 발견했다는 것을 빼고 말이에요. 재벌 회장은 드라이브를 하다가 풍경이 아름다워서 강가에 차를 세웠어요. 차에서 내려 강가를 걷다가 어부를 발견했죠. 낚시를 참 잘한다 싶어서 보다가 어부가 좀 한심하다는 생각이 들었어요. 어부에게 다가가 말을 걸었죠.

"여보시오. 내가 아까부터 지켜봤는데 조언을 하나 해주고 싶은데 그래도 되겠소?"

"그럼요, 어르신. 제가 삼대째 어부인데 할아버지도 아버지도 돌아가시고 저 혼자입니다. 조언해 주실 어른이 없어서 서글펐습니다. 꼭 조언해 주십시오."

"음…… 자세는 됐군. 내가 보니까 자네 낚시를 참 잘하네."

"감사합니다. 어렸을 때부터 할아버지와 아버지께 전수받아서 그런 것 같습니다."

"그렇군. 그런데 왜 이렇게 낡은 그물을 사용하나?"

"아, 이 그물은 할아버지 때부터 사용한 것입니다. 저에게는 참 소중한 그물이죠."

"그렇게 소중하면 집에 보관해야지."

"이걸 집에 보관하면 저는 뭘로 낚시를 하나요?"

"장에 나가 보게. 그 그물과는 비교할 수 없이 좋은 신식 그물이 넘치네."

"신식 그물이요? 그걸 살 생각은 못했는데…… 그걸 사면 뭐가 좋을까요?"

"나참, 자네가 지금 낚는 물고기의 열 배는 낚을 수 있네."

"저는 지금으로도 충분한데요. 열 배를 더 낚으면 뭐가 좋을까요?"

"이 사람아, 열 배를 더 낚으면 돈을 열 배로 버는 거지. 그 돈을 모아 배를 한 척 사서 자네 같은 어부를 인부로 쓰게. 그 인부에게 신식 그물을 주고 함께 물고기를 낚으면, 인부가 열 명이라고 할 때 자네가 지금 낚는 양의 백 배를 낚게 될 걸세."

"그러면 생태계가 위험해지지 않을까요?"

"생태계를 왜 자네가 걱정하나? 자네는 우선 잘 먹고 잘 사는 걸 걱정해야지."

"음, 우선 알겠습니다. 그런데 백 배를 낚으면 뭐가 좋을까요?"

"한심하기 짝이 없군. 이 사람아, 그렇게 돈을 모으면 회사를 하나 차릴 수 있네. 혹시 대양수산이라는 회사 건물을 본 적 있나?"

"그럼요. 그렇게 희고 큰 건물은 그 회사가 유일한 걸요. 우리나라에서 가장 큰 어업회사라고 들었습니다."

"내가 거기 회장일세."

어부는 깜짝 놀랐어요. 그런 회사의 회장님은 어떤 사람일까 궁금했거든요. 그런데 직접 만나니 신기하고 놀라울 수밖에요. 어부는 손을 내밀며 말했어요.

"이렇게 대단한 분을 직접 뵙다니 큰 영광입니다. 악수 한 번 해주실 수 있나요?"

회장은 악수를 하며 말했어요.

"그러니 내 조언을 잘 새기게나."

"그럼요. 여부가 있겠습니까? 그런데 회장님, 제가 이렇게 높은 분을 뵈면 꼭 여쭙고 싶은 게 있었습니다. 여쭤 봐도 될까요?"

"그러게."

"회장이 되면 뭐가 좋나요?"

"허허, 회장이 되면 65세에 은퇴하고 나서 이렇게 한적한 강가에서 여유롭게 낚시하며 하루하루를 행복하게 보낼 수 있지. 내가 이제 그런 삶을 살게 되었고."

"그걸 65세까지 기다렸단 말씀입니까? 저는 오래전부터 그렇게 살고 있습니다. 한적한 강가에서 여유롭게 낚시하며 하루하루 행복하게요. 지금 저는 43세거든요. 왜 그걸 그렇게 오래 기다리셨나요?"

어부의 질문에 회장은 적잖이 당황했어요. 미리 그렇게 살 생각은 못했거든요. 은퇴할 날만 기다리며 이후의 삶을 꿈꾸었으니까요.

"흠, 나는 더 이상 해줄 말이 없네. 잘 있게나."

회장은 황급히 인사를 하고 떠났고, 어부는 다시 낚시를 시작했어요. 여유롭게, 그리고 행복하게.

이제 '어부의 마음'이 뭔지 감이 잡히시나요? 저는 이 양념을 꼭 추천하고 싶어요. 아무리 자존감을 가지고, 나처럼 할 수 있다는 재능을 믿으며, 할 수 있는 만큼 도전하며 살아도 자족하는 마음이 없다면 힘들어요.

세상에는 '만약'(if)의 행복이 가득해요. 사람들은 '만약 ~한다면' 행복할 거라고 말하죠.

"대학에 가면 행복할 거예요."

"직장에 가면 행복할 거예요."

"결혼하면 행복할 거예요."

"아기를 낳으면 행복할 거예요."

"우리 아이가 대학에 가면 행복할 거예요."

"대학에 가지 않아도 행복해요"라고 말해도 괜찮은데, 모두 다 같은 답을 얻어야 행복한 건 아닌데 말이에요. 그래서 어부의 마음을 양념으로 추천하는 거예요. 어부의 마음은 '지금'(now)의 행복이잖아요. 그 무엇이 이루어지기 전의 오늘, 어떤 결과도 확실하지 않은 지금이요.

물고기 스무 마리를 낚아도 스무 마리밖에 낚지 못했다고,

백 마리가 되어야 행복할 거라고 말하는 사람들 틈 사이에서 스무 마리나 낚을 수 있는 지금을 행복하다고 말할 수 있는 것이, 아무것도 확실하지 않은 지금에 가장 필요한 양념이 아닐까요?

'만약'의 행복은 원하는 만큼이 충족되지 않으면 행복이 동반되지 않지만, '지금'의 행복은 원하는 만큼 충족되지 않아도 행복하다고 말할 수 있거든요.

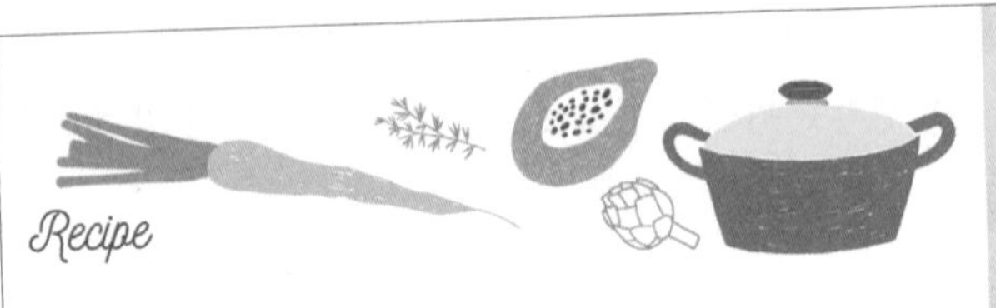

지금이 맛있어지는 보글보글 냄비 요리

○ 준비물: 냄비, 육수, 고기, 채소, 양념

1. 과정이라는 냄비를 꺼낸다.
2. 나는 예수님이 만나러 오는 사람이라는 육수(자존감)를 붓는다.
3. 나처럼 할 수 있는 나만의 재주와 능력이 있다는 믿음으로 고기(재능)를 넣는다.
4. 예상 결과와 관계없이 유익하므로 우선 해보는 채소(도전)를 넣는다.
5. 지금 주어진 것에 감사하고 행복을 누리는 마음을 양념으로 넣는다.

이제 여러분의 몫이에요

이것이 지금까지 말씀드린 레시피예요. 제가 아는 건 여기까지예요. 이제는 여러분의 몫이에요. 같은 레시피를 보고 요리한다고 다 같은 맛이 나는 건 아니잖아요. 같은 레시피를 사용하는 체인점도 가게마다 맛이 다를 때가 있어요. 얼마 전에 친구와 만나려고 약속 장소를 정하는데, 그 친구가 꼭 그곳에 있는 체인점을 가야 한다고 했어요.

"그 브랜드 체인점 중에선 거기가 제일 맛있어."

집에서 요리를 해도 그래요. 똑같은 레시피로 요리하는데도 맛이 다를 때가 많아요.

그러니 이제 여러분의 몫이에요. 이 레시피를 사용하시되

육수의 양도, 재료의 크기도 여러분 마음이에요. 토핑을 얹어도 되고 양념을 추가해도 돼요. '과정'이라는 냄비만 '결과'라는 냄비로 바꾸지 말아 주세요. 어느 냄비에 요리하느냐에 따라 맛 차이를 넘어 요리 자체가 달라져 버리니까요.

그것만 지켜 주시고 나머지는 마음대로 하세요. 때로는 재료 하나가 없을 때도 있고, 한 가지 재료만 잔뜩 있을 때도 있지만 다 괜찮아요. 치킨처럼 매운맛이 날 때도, 간장맛이 날 때도, 달고 짠맛이 날 때도 있으니까요. 때마다 주어지는 맛을 즐길 수 있다면 좋겠어요.

때마다 요리 이름도 지으면 좋겠어요. 그것 또한 여러분의 몫이에요. 각자의 개성에 맡길게요. 제 이름은 선화인데요, 아이들은 선화를 소리나는 대로 불러요. 쌤을 붙여서 '써나쌤'이라고요. 어떤 아이는 이모라고 부르고, 어떤 아이는 엄마라고도 불러요. 간혹 언니나 누나라고 부르는 아이들도 있어요. 제가 선화라는 사실은 변하지 않지만, 아이들이 저마다 다른 호칭으로 부를 때마다 전 그 느낌이 다 달라서 좋아요. 아이들은 정말 진심의 관계가 형성되었을 때 호칭을 정하는 경우가 많아요. 그래서 더 좋아요.

제가 호칭을 정해 준 적은 한 번도 없어요. 아이들이 어색하게 “작가님” 하고 부르다가 어느 순간 “엄마” 하거든요. 와, 그때 느끼는 기쁨이 얼마나 큰지 글로 표현하기 어려울 정도예요.

결여를 채워 준다는 기분이 들 때도 있어요. 엄마가 없는 아이는 저를 엄마로, 누나가 있었으면 좋겠다고 생각하는 아이는 저를 누나라고 부르는 경우가 있거든요. 결여된 부분을 함께 채우는 느낌도 들어요. 온전히 채우지는 못하겠지만 어느 정도 해소해 준다고나 할까요? 그늘에 있다가 볕드는 곳으로 함께 걸음을 옮긴다는 의미로 느껴져요. 무엇보다 자신만의 호칭을 정해서 부른다는 건, 그만큼 친해졌다는 이야기니까 뿌듯하고 기뻐요.

그러고 보면 저도 특별한 호칭을 정해서 부르는 걸 좋아해요. 제가 힘들 때 따듯하게 품어 준 목사님을 ‘삼촌’이라고 부르고요, 강의를 하며 갈피를 못 잡을 때 도움을 준 목사님을 ‘대장님’이라고 불러요. 참 존경하는 글쟁이이자 학자인 분에겐 ‘언니’라고 불러요. 남자분인데 저에겐 언니 같은 분이거든요. 동등하게 그분도 저를 언니라고 불러요.

생각해 보니 친한 분들도 저를 부를 때 호칭을 정해서 부르는 경우가 있네요. 친한 선배들은 저를 ‘오썬’이라고 불러요. 지금은 하늘로 이사갔지만 저를 아끼던 선배는 저를 ‘하루’라고 불렀어요. 제가 표정에 기분이 다 드러나는 스타일이라 매일 얼굴이 달라진다고 하루라고 불렀어요. 우리 과 사무실로 놀러왔던 서양화과 선배가 "아, 봄 같아서 하루군요. 일본어로 봄이 하루잖아요"라고 말해서 우리 과 선배들에게 4년 내내 놀림을 받았죠. 꽃도 안 피고 새도 울지 않는 봄이 어디 있느냐고요.

엄마는 저를 '오반장'이라고 불렀어요. 제가 하도 덜렁대서 칠푼이라고 불렀는데, 사람들 앞에서 칠푼이라고 하기엔 뭣하니 오반장이라고 바꿨어요. 칠푼이들끼리 모이면 제가 분명히 반장할 거라면서요. 정말 너무하지 않아요? 예수님과 같은 삶이죠. 고향에선 인정받지 못하는…….

아무튼 저는 진심의 관계에서 특별한 호칭으로 부르는 걸 참 좋아해요. 배 속 아기의 태명을 짓듯이 서로만이 알고 사용하는 이름이 있다는 건 참 좋은 일이에요. 유대감과 친밀감을 주고, 수많은 관계 속에서 특별함도 느낄 수 있고요.

아이들과 MT를 가서 조별로 만든 요리에 이름을 붙이라고 하면 정말 예상 밖의 이름들이 나와요.

- 떡볶이라고 하긴 부끄럽지만

- 짜장라면 이 모습 이대로

- 저도 떡볶이이고 싶어요

- 요리라고 불러 주세요

……

정말 재치 만점의 이름들이 많았는데 다 기억나진 않네요. 역시 기억력은 참 한계가 많은 능력인 것 같아요.

저는 여러분 삶의 과정에서 만들어지는 요리들에도 특별한 이름을 붙이면 좋겠어요. 자신이 모르고 있던 창의력을 사용할 수 있다면 더 좋겠죠. 우울함이 짙게 담긴 이름이 될 때도 있고, 조증이 넘치는 이름일 때도 있겠죠. 때론 이름을 지을 힘도 없어 '무제'일 수도 있을 거예요.

이름을 짓기 전에 먼저 자기 자신과 친밀해져야 해요. 유대감을 가져야 해요. 나만의 특별함을 스스로 느껴야 해요. 그건 여러분의 과제예요.

먼저 그 과제를 잘 풀고 이름을 지어 보세요.

무엇이든 여러분이 주인공인 요리니까요.

그럼 믿고 기대할게요.

3부

과정을 위해 부탁드려요

♥

벌써 책이 마지막을 향해 가네요. 어떠셨는지 모르겠어요. 저의 입말체를 통해 음성지원을 느끼며 읽으셨는지 아닌지, 얻으신 것이 있는지 없는지 궁금해요. 글은 써서 세상에 내놓으면 그 다음은 독자의 몫인 것 같아요. 책임을 전가하는 건 아니에요. 글이 안 좋았다면 제 책임이 크지만, 썩 읽을 만했다면 그 다음은 독자에 의해 움직이는 듯해요.

SNS에 올린 제 글을 누군가 공유해 갈 때, 한마디라도 자신의 생각을 적고 가는 경우가 많아요. 그런 글들을 보면서 종종 깜짝 놀라요. 제가 얘기하지 못한 부분을 얘기할 때도 있고, 제 글에서 발전시켜 적어 놓은 생각이 더 멋질 때도 많거든요. 그뿐 아니에요. 청소년을 위해 쓴 글을 보고 위로받았다고 말하는 중년을 만나기도 했고요, 부모를 위해 쓴 글을 보고 자신에게 도움이 되었다는 십대도 만났어요.

여러분의 마음에 싹을 틔우는 책이 되기를 소망하지만 그 싹의 잎을 볼지, 줄기를 볼지, 뿌리를 상상할지는 여러분의 마음에 맡기는 게 맞는 것 같아요. 부디 작은 싹이라도 꼭 틔우기를 바라면서 마지막으로 네 가지를 부탁드릴게요.

'참 잘하고 있다'고 말해 주세요.

사랑은 '지금' 하세요.

있는 힘껏 '함께' 행복하세요.

보물은 '내 곁'에 있다는 걸 명심해요.

'참 잘하고 있다'고 말해 주세요

친구에게 말고요, 자기 자신에게 참 잘하고 있다고 말해 주면 좋겠어요. 그게 말처럼 쉽진 않죠? 앞사람에게도 하고 뒷사람에게도 하고 인스타그램에도 올리는데 자신한테는 잘 안 되죠? 자신이 싫다는 고민을 안고 찾아오는 친구들의 인스타그램을 보면 엄청 좋은 말이 많이 써 있는 거 알아요? '나는 있는 모습 그대로 사랑스러워'라는 글귀도 있더라고요. 그런데 그 글을 써 놓은 친구가 자기가 너무 싫다는 메시지를 제게 보내 왔어요.

왜 그럴까요? 그건 그냥 글자인 건가요? 하나님의 마음 아니고, 예수님의 사랑 아니고, 그냥 예쁜 캘리인 거예요? 아니잖아요. 그거 자신에게도 해당되는 말이잖아요. 그렇지 않으면 그런 글 왜 올리는 건데요? 친구들이 읽고 힘을 얻으라고 써 놓았다면, 자기 자신도 그 글을 읽고 믿고 힘을 얻으면 좋잖아요.

제가 강의 중에 찍힌 사진들을 훑어보다가 웃긴 사진을 한 장 발견했어요. 사진 속 PPT에는 '네 모습 그대로 예뻐!'라고 써 있는데, 그 말을 설명하는 제 표정이 너무 우스꽝스럽게 나왔지 뭐예요. 그 사진을 인스타그램에 올리고, '있는 모습 그대로 예쁘다는 말을 꼭 이렇게 안 예쁜 표정으로 해야 했을까?'라고 썼어요. 그랬더니 어떤 분이 안 예쁜 표정으로 말했으니 더 설득력이 있었을 것이라는 댓글을 달았어요.

생각해 보니 그렇더라고요. 아주 예쁜 모습으로 "네 모습 그대로 예뻐"라고 하는 것보다 안 예쁜 모습으로 그렇게 말하면 더 공감되잖아요. 언젠가 한 전도사님이 "외모를 보지 말고 중심을 보라"는 설교를 했는데, 그분의 아내가 그 자리에 있어서 설득력이 없었다는 이야기를 들은 적이 있어요. 그분의 미모가 연예인급이었거든요. 그래서 청년들이 야유를 보냈다고 하더라고요.

지금 책을 읽는 그대도 있는 모습 그대로 예뻐요. 있는 모습 그대로 예쁘다는 건 예쁜 모습일 때만 예쁘다는 게 아니잖아요. 설령 자기 마음에 들지 않는 모습이더라도 그 모습 그대로 아름답다는 말이잖아요. 그걸 자신에게 적용하며 살았으면 좋겠어요. 제가 『너는 문제없어』라는 책에 이런 말을 썼어요.

> 태어날 때부터 자신과 한 번도 떨어지지 않고 평생을 같이 사는 사람은 여러분 자신뿐이에요.

그러니까 은혜에게는 은혜가, 선화에게는 선화가, 민수에게는 민수가 가장 좋은 동지여야 해요. 친구에게 건네는 위로를 나라는 친구에게도 건네고 '참 잘하고 있다'고 토닥이며 이 과정을 잘 지날 수 있기를 바라요.

세상은 아홉 개를 잘해도 잘한 것을 칭찬하기보다 한 개만 더 잘하면 열 개를 잘할 수 있을 테니 더 노력하라고 말해요. 그런데 나마저 나 자신에게 그렇게 채근하면 내가 너무 안쓰럽잖아요.

못하는 건 잘할 수 없어요. 잘하는 건 조금 더 잘할 수 있어요. 잘하는 걸 열심히 해서 더 잘하면 돼요. 그게 어려우면 잘하는 걸 잘한다고 칭찬하며 살면 돼요. 못하는 걸 비난하며 사는 것보단 그게 훨씬 멋져요.

우리가 뭐 어때서요? 우리는 숨도 쉬고요, 진짜 잘 먹고요, 시간만 나면 쿨쿨 잘 잘 수 있고요, 느리지만 여전히 걷고 있어요. 지금도 불안하지만 시도하고요. 시도한 게 잘 안 되어도 씩씩하게 잘 먹을 수 있어요.

이 정도면 정말 대단하지 않아요?

게다가 지금 읽고 있는 게 뭐예요? 책이에요. 대박! 이렇게 책을 안 읽는 시대에 책을 읽고 있단 말이에요. 세종대왕이 한글을 만든 것만 업적인가요? 우리가 먹고 자고 읽는 것도 업적이에요. 하루를 살아 냈다는 것, 매일을 살아 내고 있다는 것도 충분히 위대한 업적이라고 생각해요.

비난에 집착하지 말고 칭찬에 집중하며 살아요, 우리. 이 힘든 세상에서 걸어왔고, 지금도 걸어가고 있고, 앞으로도 걸어가야 해요. 순례길이 아직 많이 남았어요. 짐이 무거우니 비난은 빼서 버리자고요. 칭찬은 압축해서 잘 챙기고 나 자신을 토닥이며 가요. 참 잘하고 있다고. 엄지척이라고.

사랑은 '지금' 하세요

저와 상담하는 한 아이가 있었어요. 그런데 우울증이 심해져서 전문적인 치료가 필요했어요. 전문의에게 아이를 보냈죠. 저는 야매상담사잖아요. 정서적으로 상담하고 위로를 해주지만, 정신과 치료나 전문상담이 필요하면 전문의나 전문상담사에게 인계해요. 경과가 좋아지면 제가 다시 상담을 하기도 하지만, 전문적인 치료가 필요할 때 제가 붙잡고 있는 건 도움이 안 되니까요.

전문치료로 인계하기 전, 그 아이의 주된 고민은 엄마와의 관계였어요. 오래 떨어져 살아서 어색하지만, 그 아이는 엄마의 사랑을 받고 싶어 했어요. 저는 엄마를 만나서 아이의 마음을 전했죠. 아이가 사랑을 받고 싶어 한다고, 사랑 표현을 많이 해주시면 좋겠다고요.

"아이랑 떨어져 지내다가 만나니 너무 어색해요. 저도 잘하고 싶은데 잘 안 되네요."

"네, 어머니 마음은 충분히 이해하지만, 저는 아이 편에 서 있어서 그런지 아이의 마음이 더 이해돼요. 잘 안 되더라도 더 노력해 주시길 부탁드려요."

아이는 전문치료를 받기 시작했고 가끔 저에게 문자를 보냈어요. 잘 치료받고 나아지면 다시 만나자고 이야기를 나누다가 연락이 끊겼어요.

그로부터 1년쯤 지났을 때, 저에게 그 아이의 상담을 부탁했던 복지사님을 통해 소식을 전해 들었어요. 그 아이가 하늘나라에 갔다고요. 그 아이의 장례식장에서 엄마가 관을 붙들고 "내가 널 얼마나 사랑하는데 먼저 가면 어떡해. 내가 널 얼마나 사랑하는데" 하고 통곡하셨대요. 허무하고 안타깝고 마음이 너무 아팠어요.

제가 복지사님에게 그랬어요. 어머니가 아이에게 사랑한다는 말을 진즉 하셨으면 좋았겠다고요. 물론 단정지을 순 없어요. 진즉 하셨는데 제가 모를 수도 있어요. 그랬을 거라고 믿고 싶어요. 하지만 지금도 그 아이를 떠올리면 마음이 너무 아프고 왠지 모를 아쉬움이 진하게 떠올라요.

그 일을 겪고 나서 청소년 친구들을 만날 때마다 이야기해요. 사랑하며 살자고요. 우리가 언제 하늘로 이사갈지 알 수 없으니 지금 하자고요. 지금밖에는 우리가 장담할 수 있는 시간이 없다고요.

지난해엔 코로나로 꼼짝하지 못했지만, 원래는 1년에 두 번 해외에 한인 청소년들을 만나러 가요. 비행기 티켓을 할부로 구입해서 가니 친구가 묻더라고요.

"넌 어떻게 봉사를 할부로 가냐?"

제가 그랬어요.

"넌 어떻게 자동차를 할부로 사냐?"

제 생각에는 할부로 봉사를 가는 것이나 자동차를 사는 것이나 똑같아요. 그걸 다 갚을 때까지 살 수 있을지, 혹은 그럴 수 없을지 모르는 것도 똑같고요. 지금 해야 하는 일이니까, 지금 필요한 물건이니까 미루지 않고 감당할 수 있는 선에서 할부 결제를 하는 거죠. 나를 위해 구입한 자동차의 할부만 갚을 수 있고, 봉사하기 위해 구입한 비행기 티켓의 할부는 갚을 수 없는 것도 아니고요.

저는 봉사하는 데 돈 쓰는 게 더 뛰어난 일이라고 생각하지도 않아요. 자동차든 봉사든 할부로 값을 치르려고 마음먹은 가치가 다를 뿐 틀린 건 아니니까요. 제가 지금은 할부로 봉사를 가지만 나중에는 할부로 자동차를 사게 될는지도 모르잖아요. 사람 일, 장담할 수 없거든요.

그냥 우리는 사람이고, 사람이기에 지금 살아 있다는 것 말고는 장담할 수 있는 건 없어요. 그러니까 지금 사랑하며 살았으면 좋겠어요. 사랑은 할부로 할 수도 없잖아요.

있는 힘껏 '함께' 행복하세요

가정폭력에 시달린 한 친구가 있었어요. 이웃이 신고를 해줘서 이 친구는 보호시설에 들어갈 수 있었어요. 그런데 집과 먼 곳이 아니라 가까운 지역으로 배정이 된 거예요. 폭력을 저질렀던 엄마가 그 사실을 알게 되었어요. 엄마는 술을 마시고 시설로 찾아갔어요. 딸에게 나오라고 소리치며 물건을 부수고 난동을 부렸어요. 그런 일이 반복되자 시설에선 그 친구에게 이렇게 조언했어요.

"엄마랑 격리되어야 해서 여기 와 있는 거니까 엄마가 찾아와도 차갑게 대해야 해."

이 친구도 그 말이 맞다고 생각했어요. 하지만 그럴 수 없었대요. 아빠는 집을 나가고 형제도 모른 척하고 엄마만 남았는데, 때린 것은 나쁘지만 매정하게 대하긴 힘들대요. 학교도 제때에 보내지 않고, 때리고 괴롭힌 엄마인데도요. 이런 예쁜 마음을 엄마도 알고 조심해 주면 얼마나 좋을까요?

하지만 바람이 현실이 되는 건 참 어려운 일인가 봐요. 바람이 이루어지긴커녕 현실이 더 나빠지지만 않아도 좋을 것 같아요. 엄마는 술에 취하면 시설뿐 아니라 학교에도 찾아와 난동을 부렸어요. 이 친구는 학교에서도 시설에서도 엄마 때문에 눈총을 받았죠. 어쩔 땐 밤에 병원에서 전화가 와요. 엄마가 난동을 부리다가 다쳐서 실려 왔는데 보호자가 이 친구뿐이어서요.

3년 정도 이 친구와 온라인 상담을 했어요. 이 친구가 제 책을 읽고 페이스북 메신저로 상담을 신청했거든요. 이런 경우는 상담이라고 하기도 부끄러워요. 제가 해결해 줄 수 있는 문제가 아니니까요. 힘든 일이 있을 때마다 그냥 이야기를 들어 주고 공감하고 때론 같이 웃고 자주 같이 울고…… 그게 전부였죠. 그러다가 제가 지쳤어요. 이 친구의 상황이 아무런 변화 없이 똑같으니까요. 전 너무 속상해서 물었어요.

"지희야(예명), 쌤이 해줄 수 있는 게 아무것도 없네. 기도라도 열심히 해줄게. 어떤 기도를 할까?"

"쌤, 저는요, 있는 힘껏 엄마랑 함께 행복하고 싶어요."

저는 정말 이런 예쁜 마음을 자주 만나는데 만날 때마다 소스라쳐요. 어떻게 이런 말을 할 수 있을까요? 저 같으면 "엄마 없는 곳으로 가고 싶어요"라고 할 것 같아요. 적어도 "엄마가 찾아오지 않게 해주세요" 할 것 같아요.

저는 '함께'라는 말을 좋아하고 참 자주 써요. 그런데 이 친구가 말하는 '함께'는 차원이 달랐어요. 이 친구에 비하면 제가 말하는 '함께'는 그냥 으스대며 잘난 척하는 말 같았어요. 이 친구의 '함께'는 왠지 예수님의 사랑에 더 가까운 것 같았어요. 어떻게 설명해야 할지 잘 모르겠지만 참 빛났어요. 그런 '함께'라면 저도 따라하고 싶었어요. 따라할 수만 있다면요.

이 친구가 '있는 힘껏'이라는 표현을 썼잖아요. 그 표현을 듣고 깨닫게 된 것이 하나 있어요. 함께 행복한 것도 힘이 드는 일이라는 걸요. '힘껏'은 '힘을 다하여'라는 뜻이잖아요. 우리가 행복하고 싶다면 그 행복을 위해 힘을 써야 하는 거예요.

우리가 슬퍼서 울 때도 힘이 들지만, 기뻐서 웃을 때에도 힘이 들어가요. 힘이 들어가지 않는 일이 없죠. 힘을 쓰니 울고 나면 배가 고프고, 웃고 나도 배가 고프잖아요. 체력은 무엇을 하든 소모돼요. 이왕이면 행복한 일로 힘이 들면 좋겠다는 생각을 했어요.

매번 의지대로 할 수 있는 건 아니지만, 힘을 쓴다고 금방 행복해지는 건 아니지만, 그래도 조금 더 행복해질 수 있게 노력하면 좋겠어요. 그냥 저절로 행복으로 흘러가게 놔두고 바라는 것이 아니라, 있는 힘껏 행복으로 갈 수 있도록 노력해 보는 거예요.

가능하다면 곁에 있는 사람들과 함께요. 우리가 함께라는 것 또한 삶이라는 과정에서 분명히 의미 있고 이유 있는 일일 테니까요.

보물은 '내 곁'에 있다는 걸 명심해요

유리 슐레비츠라는 작가가 쓴 『보물』이란 동화가 있어요. 제가 청소년들에게 꿈을 주제로 강의할 때 각색해서 들려 주는 이야기예요.

이삭이라는 사람이 있어요. 그는 그냥 우리처럼 평범한 오징어예요. 먹고살기는 하지만 그리 넉넉하진 않고 앞날은 막막하죠. 그래도 하루하루 일거리는 있어서 그럭저럭 평범하게 일상을 사는 보통 사람이죠.

이삭은 어느 날 꿈을 꾸었어요. 산을 넘고 강을 건너가면 궁전이 나오는데, 궁전 문 뒤에 이삭을 위한 보물이 있다는 이야기를 듣죠. 무려 신에게서요. 잠에서 깬 이삭은 생각했어요.

'정말일까? 산을 넘어가 볼까?'

그런데 산만 넘으면 되는 게 아니잖아요. 산도 넘고 강도 건너 한참을 걸어야 하죠. 게다가 산을 넘었는데 강이 안 나오면 어떡해요? 강을 건넜는데 궁전이 없으면요? 시간 버리고 힘들고 진짜 쓸데없는 짓을 한 게 되잖아요.

이삭은 고민하다가 산을 넘어가지 않기로 해요. 그런데 자꾸 그 꿈이 떠오르지 뭐예요. 꿈에서 들은 목소리가 귓가에 맴돌고 궁전의 모습도 잊을 수 없었죠. 시간이 흘러도 꿈은 잊혀지지 않았어요. 그래서 이삭은 용기를 냈죠.

'우선 산을 넘어 보자. 강이 안 나오면 등산한 셈 치고 돌아오면 돼.'

이삭은 뚜벅뚜벅 걸어서 산을 넘었어요. 그런데 정말 강이 나왔어요. 이삭은 첨벙첨벙 열심히 강을 건넜죠. 강을 건너 한참을 걸으니 궁전이 보였어요. 이제 궁전 문 뒤에 보물이 있는지 확인하기만 하면 돼요.

그런데 문제가 생겼어요. 궁전 앞에 도깨비처럼 생긴 문지기들이 서 있는 거예요. 이삭은 고민했어요.

'무서워서 말도 못 걸겠어. 어쩌지? 돌아갈까? 그러면 너무 아까운데 어떡한담?'

이삭은 갈팡질팡하다가 한번 말을 걸어 보기로 결단했어

요. 가장 무섭게 생긴 문지기에게 다가가 물었죠.

"저…… 혹시 문지기 대장님이신가요?"

"그런데 왜?"

"부탁드릴 게 있습니다."

"뭔데?"

"궁전 문 입구만 살짝 들어갔다 나와도 될까요?"

"이 사람아! 여긴 궁전이야. 임금님이 계신 곳! 우리도 허락 없인 못 들어가는 곳이란 말이야!"

"네네, 알죠. 안에 들어가겠다는 게 아니고 문 입구만 살짝 들어갔다 나오면 됩니다. 그 일을 위해 제가 산 넘고 강 건너 멀리서 왔습니다. 꼭 부탁드립니다."

"흠, 이러는 이유가 있나?"

"그럼요."

"이유가 뭔지 말해 보게. 타당하면 들여보내 주겠네."

"네네, 알겠습니다."

이삭은 문지기 대장에게 숨 가쁘게 꿈 이야기를 전했어요. 이삭의 이야기가 끝나자 문지기 대장이 껄껄 웃으며 말했어요.

"하하, 자네 행색을 보고 한심한 자일 거라고 생각했는데 딱 맞군. 이 사람아, 그런 꿈을 믿고 여기까지 올 시간에 열심히 일해서 돈을 벌어. 나처럼 말이야. 나도 자네처럼 한심했다면 강 건너 산 넘어 이삭이란 사람 집에 갔겠지."

어? 문지기 대장 앞에 서 있는 사람이 이삭이잖아요. 그의 동네에 동명이인은 없거든요. 게다가 이삭이 산 넘고 강 건너 왔으니 갈 때는 강 건너고 산 넘어 가는 게 맞잖아요. 그럼 문지기 대장이 말하는 사람이 이삭인 건 분명한데, 이삭은 왜 그가 그런 말을 하는지 도무지 알 수 없었죠.

이삭은 문지기 대장에게 물었어요.

"대장님, 이삭이란 사람 집에 갔겠다니 그게 무슨 말입니까?"

"자네는 꿈을 한 번 꿨다고 했지? 나는 이삭이란 사람 집에 가라는 꿈을 열 번도 넘게 꿨네."

"네? 그게 무슨 꿈이었는데요?"

"강 건너 산 넘어 이삭이란 사람 집에 가면 그 집 아궁이에 찬란한 보물이 있다는 꿈이었지. 그게 말이 되나? 이런 궁전에도 나를 위한 보물이 없는데, 그 허름한 집 아궁이에 보물이 있다니. 그래서 가 볼 생각도 하지 않았네. 자네도 한심하게 이러지 말고 돌아가 일이나 해! 어서 가라고!"

문지기 대장이 버럭 소리를 지르는 바람에 이삭은 돌아섰어요. 터벅터벅 걸어서 강을 건너고 산을 넘었죠. 드디어 집에 도착해서 벌러덩 누웠어요. 고개를 돌려 아궁이를 보았죠. 문지기 대장의 말이 맞아요. 아궁이에 보물이 있을 리 없죠. 청소도 안 해서 먼지 쌓인 아궁이에 무슨 보물이 있겠어요. 번쩍번쩍 빛나는 궁전에 가서도 보물을 못 봤는데, 이 허름한 집에서 제일 허름한 아궁이에 보물이라니 말도 안 되죠.

'꿈 같은 건 믿지 말아야지.'

이삭은 다짐했어요. 다시 평범한 일상이 이어졌죠.

그런데 왜 그날부터 자꾸 아궁이가 보일까요? 집에 있는지도 모를 정도로 신경 쓰지 않던 아궁이가 궁전에 다녀온 날부터 계속 눈에 들어왔어요. 한번 열어 볼까 싶었지만 빈 아궁이를 확인하고 실망하게 될까 봐 열기 싫었어요. 열어 보면서 기대할 자신이 한심하게 느껴졌고요. 몇 번을 망설이다 결국 열지 않았죠.

날이 점점 추워졌어요. 아궁이에 땔감을 넣을 때가 다가온 거죠. 그래서 아궁이를 한번 열어 보기로 했어요.

'그래, 보물을 찾으려고 여는 게 아니라 불 때기 전에 청소를 하려고 여는 거야.'

이삭은 그렇게 합리화하며 아궁이 문을 열었어요. 이게 무슨 일일까요? 아궁이 안에 정말 찬란한 보물이 들어 있지 뭐예요.

여러분의 보물은 어디에 있나요? 산 넘고 강 건너갈 만큼 먼 궁전, 궁전만큼 먼 앞날에만 있나요?

제가 강의를 다니면서 많은 사람들을 만나는데요, 자기가 있는 곳에 만족하는 사람을 별로 못 보았어요. 지방에 가면 서울에 가고 싶다고 하고, 서울 강북에 가면 강남에 가고 싶다고 하고, 강남에 가면 해외에 가고 싶다고 하고, 해외에 가면 다른 해외에 가고 싶다고 말해요. 사실 제가 행복한 사람보단 행복하지 않은 사람들을 만나고 상담할 일이 더 많아요. 그래서 그렇게 생각하게 된 것일 수 있어 일반화할 순 없어요.

그럼 여러분은 어떠세요? 자신이 있는 곳에 보물이 있나요? 잘 모르겠다면 혹시 자신이 있는 곳 자체가 보물은 아닐까요?

대학에 편입하고 싶다는 친구를 상담한 적이 있어요. 그 친구는 그러더라고요. 자신이 후진 학교에 오게 된 건 공부를 열심히 안 했기 때문이지만 운도 따르지 않았다고요. 지금 더 열심히 공부해서 조금 더 알려진 학교에 가면 답이 있을 거라고요. 제가 물었어요.

"정말 그 학교에 있는 건 공부를 열심히 안 해서 성적이 낮았고 운이 따르지 않았기 때문인가요? 그뿐이에요?"

"네, 다른 이유가 없잖아요."

"아까는 교회 다닌다고 하지 않았어요?"

"네, 다녀요."

"그럼 하나님을 믿어요?"

"그럼요. 저 모태신앙이에요."

"언제부터 믿었냐고 묻는 게 아니에요. 지금 믿냐고요."

"그럼요."

"그럼 그대가 믿는 하나님이 그대의 성적과 운이 별로여서 그대를 그 학교에 두신 거예요?"

"네?"

"그대가 말한 게 맞아요. 그래요, 세상에서 우린 그렇게 생각할 수밖에 없어요. 그런데 하나님을 믿는다면 조금 달리 생각해 봐야 하지 않을까요? 지금 그 학교에 있는 것이 성적이나 운 때문만이 아니라 다른 이유가 있는 거라면요?

편입, 하세요. 편입이 필요한 경우도 정말 많죠. 편입 자체를 뭐라 할 수 없고 뭐라 하고 싶지도 않아요. 다만, 조금 더 알려진 학교를 가야 조금 더 미래가 밝아진다고 단정지을 순 없다는 말을 하고 싶어요. 그럴 수도 있지만 아닐 수도 있으니까요. 열심히 노력해서 갈 길을 개척하는 건 정말 찬성해요. 아니, 찬성하고 말고 할 문제가 아니라 응원해요.

그런데 그대가 거기에 지금 있어야 할 이유도 없이 과연 하나님이 그댈 거기에 두셨을지 생각해 보면 좋겠어요.

학교뿐 아니라 다른 곳도 그래요. 지금 내가 있는 곳보다 좋은 곳이 더 많아요. 집도 내 집보다 훨씬 좋은 집이 널렸고, 교회도, 학원도 그래요. 그런데 왜, 거기에, 하필 지금 우리가 있어야 할까요? 오늘 같이 밥을 먹었다는 친구는 그대가 필요하지 않았어요? 함께 밥 먹는 게 행복하지 않았어요? 지금 그 학교에서 그대 곁에 있는 사람들이 힘을 주지 않았어요? 그대가 사랑해야 할 이웃을 만나지는 않았어요?

다른 학교로 옮기는 것도 응원하지만, 그대가 지금 그 학교에 있는 것도 이유가 있을 거예요. 분명히. 그러니 그곳에 있는 동안 그곳을 도움닫기를 위한 발판이라고만 생각하지 않았으면 좋겠어요. 그 발판에 앉아 무슨 이야기를 하고, 무얼 먹고, 무얼 나눌 수 있는지, 그곳에서 의지가 되고 힘이 되는 친구들을 만나서 얼마나 행복을 누렸고 앞으로도 누릴지 생각해 보면 좋겠어요. 공부를 못하거나 운이 나빠서가 아니라 자신이 그곳에 있는 진짜 이유를."

그 친구와 몇 마디를 더 나눈 뒤 상담을 마쳤어요. 그 친구는 많이 깨달았다고 했지만 제 마음이 얼마나 가 닿았는지는 잘 모르겠어요. 제 마음은 안 닿았어도 하나님의 마음은 닿았길 바랄 뿐이죠. 제 생각과 하나님의 생각은 땅과 하늘의 차이니까요.

세상의 이유와 하나님의 이유도 그럴 거라고 생각해요. 우리가 살면서 하늘의 이유를 다 알 순 없지만, 분명히 다른 관점의 이유가 있어요. 이곳이 나에게 만족스럽지 않다면, 하나님도 나의 마음을 아시겠죠. 그럼에도 나를 이곳에 머물게 하시는 데는 이유가 있을 거예요.

어떤 기준으로든 더 좋은 곳은 많고, 더 좋은 곳에 가려는 걸 뭐라고 할 생각은 전혀 없어요. 앞으로 나아가려는 노력, 발전을 꾀하는 시도, 다 멋져요. 하지만 지금 있는 곳은 죄다 아궁이고, 앞으로 나아가야만 궁전이 있다는 생각은 참 별로예요. 어디서든 꽃은 펴요. 꽃이 없는 곳이라고 생각하면 아예 보려고도 하지 않겠지만, 꽃이 있는 곳이라고 생각하면 피어나기를 기대할 수 있죠. 내가 있는 곳에서 그 이유를 찾아가는 기쁨을 얻는 것도 참 빛나는 보물이 아닐까요?

우리 곁에는 보물이 또 하나 있어요. 곁에 있는 사람들을 보세요. 모이면 싸우기만 하는 가족이라도, 잔소리 2만 개를 매일 투척하는 엄마라도 우리 곁에 있는 이유가 있어요. 얼마나 빛나는 보물이면 하나님이 우리 곁에 주셨을까요?

어떤 친구가 그러더라고요.

"쌤, 드라마 〈응답하라 1994〉에 쓰레기 오빠가 나오잖아요. 우리 오빠는 쓰레기 오빠가 아니라 그냥 쓰레기예요."

웃프죠? 우리는 사람 덕분에 힘내고, 사람 때문에 힘드니까요. 사람에 대한 고민은 끝이 없죠.

하지만 그들이 보물이 아니면 왜 우리 곁에 주셨을까요? 정말 쓰레기이고, 정말 쓸데없으면 굳이 우리 곁에 주셨을까요? 얼마나 사랑해야 하는 이웃이면, 이웃을 사랑하라고 말씀하신 분이 그들을 굳이 우리 곁에 두셨을까요? 우리 곁에서 이미 빛나고 있는 보물인데, 우리 눈에만 그게 안 보이는 건 아닐까요?

"따님이 어머니 생각보다 훨씬 지혜롭고 착해요."

청소년 상담 후 부모님께 이런 말씀을 드릴 때가 많아요. 립 서비스는 아니고요, 진짜 아이들을 만나 보면 느낄 때가 많거든요. 부모님이 말씀하신 것보다 속 깊고 지혜롭고 착하고 빛나는 아이라는 걸요. 가족 눈에만 안 보이는 거예요. 그래서 이렇게 말씀드리면 어떤 부모님은 이렇게 대답하세요.

"그렇죠? 우리 딸 참 예쁘죠?"

또 어떤 부모님은 이렇게 대답하세요.

"그럴 리가요. 아주 골칫덩어리라니까요."

그래요. 가족이기 때문에 안 보일 수 있죠. 너무 가까이 있어서요. 누군가 그랬대요. 가족은 가시 돋힌 채로 안고 있어서 서로 아프다고 하는 것 같다고. 제 생각엔 그래요. 가시 돋힌 채로 안고 있어서 안고 있다는 걸 까먹는 것 같아요.

우리, 안고 있잖아요. 가족과 가족 같은 친구들을 누구보다 사랑하며 마음으로 꼭 안고 있잖아요. 사랑스러움이 없는 게 아니라 있는데 보지 못하는 거예요. 그러니 잘 찾아보자고요. 얼마나 반짝이는 부분이 있는지, 우리에게 얼마나 반짝이는 사람인지, 우리가 얼마나 반짝이는 사이인지.

마지막으로, 아궁이 속에서 가장 찬란하게 빛나고 있는 보물을 알려 드릴게요. 그건 바로 나 자신이에요. 아직 돌이라고 해서 영원히 돌일 거라고 말하면 안 되잖아요. 그 돌을 전문용어로 원석이라고 하거든요. 아직 가공되지 않아 돌이라고 부르지만 보물이에요. 가공되지 않은 보물이요. 여러분의 학교와 집과 지역에, 나라에, 지구에, 하나님 나라에 보물로 준 보석이죠. 그러니 하나님 나라에, 지구에, 나라에, 지역에, 학교에, 집에 여러분을 주셨죠.

여러분은 그저 쓸데없이 굴러다니는, 의미 없는 돌멩이가 아니라 충분한 이유가 있는, 의미 있는 원석이에요. 그 이유와 의미를 찾는 것이 삶의 과정을 걷는 우리의 과제이긴 하지만,

과제를 다 하지 못했다고 해서 학생이 아닌 게 아니듯, 이유와 의미를 다 찾지 못했다고 해서 보물이 보물이 아닌 건 아니니까요.

이렇게 말씀드려도 자신만은 아닌 것 같다고 생각하는 분이 있을지도 모르겠어요. '재는 보물이 맞지만 나는 아니야'라고 생각하고 있나요?

반짝임조차 비교 순위라고 생각하시는 건 아니죠? 각자 다른 빛깔을 내지만 우리는 모두 반짝여요. 예외는 없어요. 우리 한 사람 한 사람 모두 귀한 보물인 걸요. 누구는 귀하고 누구는 안 귀하지 않아요.

저는 무대 위에서 강의할 때가 많아요. 많은 분들이 그런 저를 존중해 주세요. 그 마음이 그저 감사해요. 사실 처음에는 제가 무대 위에 서는 사람인 것에 우쭐해질 때도 있었어요. 지금 생각하면 부끄럽기 짝이 없지만 솔직히 그럴 때가 있었어요. 하지만 금세 깨달았어요. 무대 위와 무대 아래가 나뉘는 게 아니라 우리가 같은 장소에 함께 있다는 걸요.

"귀한 사역을 하시네요."

강의 후에 이런 말을 들을 때가 있어요. 이런 말을 들으면 칭찬해 주시는 것이어서 감사하기는 한데 마음은 좀 어려워져요. '귀한 사역을 하니 멋지다, 응원한다, 그런데 그건 네가 하는 일이지 내 일은 아니다'라는 뜻이 내포되어 있을 때가 많아서요.

꼭 백 명 넘게 사랑해야 귀한 거 아니잖아요. 여러분 곁에 있는 한 명을 사랑하는 것도 귀한 일이에요. 누가 알아 주지 않아도, 저처럼 무대에 올라가서 말하지 않아도 귀하잖아요. 그래서 오히려 더 귀하게 느껴지는 걸요.

"쓰임받으니 좋으시겠어요"라는 말도 가끔 들어요. 그런데 쓰임받는 건 저뿐인가요? 무대 위에서 말하는 사람만 쓰임받는 거예요? 앉아 있는 청중은 쓰임받는 거 아닌가요?

저는 무대 위에서 무슨 사업 발표를 하는 게 아니에요. 우리가 서로의 곁에 있어 주어 다 함께 귀한 사람이라는 걸 이야기하고 싶을 뿐이에요. 내 곁에 있는 아이, 그 한 영혼을 품는 사람이 되자고, 혼자서는 할 수 없지만 함께라면 가능하다는 걸 말하고 싶어요. 그러니 우리가 함께 공감하고 나누는 게 아주 중요해요.

그러니까 "너 귀한 일 하니 칭찬해" 하며 박수 치는 대신에 옆에 있는 사람의 손을 꼬옥 잡았으면 좋겠어요. 우리에게 온 한 아이의 손을 잡자고요. "작가님 쓰임받으시네요" 하지 말고 "우리 오늘 다 함께 쓰임받네요" 해주세요. "귀한 사역 하시네요" 하지 말고 "우리 함께 귀한 사랑해 봐요" 해주세요.

무대 위 사람과 무대 아래 사람을 나누는 것, 숫자로 승부하는 것, 더 많이 한 사람만 칭찬하는 것 등은 이미 다 세상이 한 거라 식상해요. 그런 거 따라하지 말고 무대 위 사람이나 무대 아래 사람이나 다 같이 귀한 것, 숫자보다 한 영혼을 품는 것, 100도 1이 모여야 가능한 숫자라는 걸 아는 것, 칭찬하되 한 사람만 많이 칭찬하지 말고 우리 같이 협력하여 선을 이루는 것, 함께 영차영차 하는 것 등 세상이 재미없어서 못하는 일들을 같이 해요.

100은 한 사람이 100인 것이 아니라, 우리 모두 똑같이 귀한 각자인 1이 모여 함께 100이 된 거잖아요. 그 사실을 잊지 않았으면 좋겠어요.

나오며

이 책을 출간할 때쯤이면 세상이 조용할 거라고 예상했어요. 코로나 바이러스는 2020년 안에 끝날 줄 알았거든요. 설마 2021년까지 넘어올 줄은 상상하지도 못했어요. 그런데 여전히 세상은 시끄럽고 제 속도 시끄러워요. 코로나로 인해 강의가 끊기고 언제 다시 시작될지, 시작될 순 있는지, 여전히 예측할 수 없으니까요. '지금은 과정일 뿐'이라고 말하는 책을 쓰면서도 지금이 결과일까 봐 떨고 있는 마음이 제 속에도 자리하고 있었어요.

가장 슬펐던 건, 시설에 있는 아이들을 만날 수 없다는 사실이었어요. 앞으로 계속 아이들을 못 만나면 어떡하지, 두려웠어요. 그 빛나는 보물들을 볼 수 없다면 제 삶은 정말 어둠일 것만 같거든요. 하지만 서서히 희망이 다가오고 있어요. 아주 느리지만 고통이 지나가고 있어요. 그리고 곧 지나갔다고 고백할 수 있는 날이 올 것이라고 다시 믿어 보기로 했어요. 지나간다는 말은 위로가 되지 않지만 지나갔다는 기억은 위로를 주잖아요. 그 위로를 우리 모두가 함께 누릴 날이 곧 올 것이라고 믿어요.

하지만 또 모르긴 하죠. 앞으로 어떤 일이 우리 삶에, 우리나라에, 전 세계에 있을지 알 수 없으니까요. 언제 또 우리의 지금이 견디기 힘든 시기가 될지, 그대로 결과가 될까 봐 두려워서 떨게 될지, 우리는 알 수 없죠. 보물은 미래에도 있지만 지금도 있다는 말은 힘을 잃을 수 있어요. 느려도 괜찮다는 말이 더이상 위로를 주지 못하는 것처럼요.

그런데요, 아무리 식상한 위로도 누군가 한 명에게는 봄을 선물하더라고요. 살아 주어 고맙다는 말이 더 이상 위로가 아니라는 친구도 있지만, 그 말에 살아나는 친구도 있더라고요. 우리에게 필요한 위로가 때마다 딱 맞게 준비되어 있을 거예요. 겨울은 봄이 오기 전에 먼저 오지만, 겨울이 온다고 봄이 올 수 없는 건 아니니까요.

지나간 적이 있으니 또 지나갈 거예요. 그러니까 지금은 그저 과정일 뿐이에요. 지나 보내기 싫은 지금도, 얼른 지나가길 바라는 지금도 지나가요. 그러니 때로는 버티고 때로는 누리며 살아가면 돼요. 이왕이면 가끔 버티고 자주 누리길 바라며 살아 봐요, 우리.

무엇보다 그대는 지금도 참 빛나는 사람이에요. 그대가 빛나는 걸 모르는 사람은 딱 한 사람, 그대뿐이에요.

그저 과정일 뿐이에요

초판 1쇄 발행 2021년 1월 26일
초판 2쇄 발행 2021년 6월 1일

지은이 오선화
펴낸이 신은철
펴낸곳 좋은씨앗
출판등록 제4-385호(1999. 12. 21)
주소 서울시 서초구 바우뫼로 156, 402호
영업부 TEL 02-2057-3041 FAX 02-2057-3042
이메일 good-seed21@daum.net
페이스북 facebook.com/goodseedbook

ISBN 978-89-5874-350-7 03810